흐드러지다

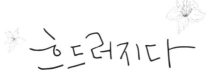

흐드러지다

혼자여서 아름다운 청춘의 이야기

신혜정 글·그림

마음의숲

가끔은 모든 가전기기들에서 해방되어도 좋겠다. 잠시라도 떨어지면 불안해지는 스마트폰과 공회전처럼 켜두는 텔레비전의 소음, 감흥 없는 음악, 습관적으로 켜둔 컴퓨터의 전원을 끄고 오롯이 자신의 내면을 들여다보았으면 좋겠다.

그런 고요와 침묵을 진정으로 즐길 수 있다면 우리가 겪는 불안과 초조는 내면의 풍요로 채워지지 않을까.

세계의 공기를 느끼며 잠시 흐드러져 본 자만이 알 수 있는 것이 있다. 어깨에 힘을 빼고 나 자신을 온전히 바라보는 시간을, 우리는 스스로에게 얼마나 허락하고 있을까. 여행은 나에게 그런 시간을 허락했다. 시간 앞에, 홀로, 찬란하게 흐드러졌던 시간들. 이 책은 그런 이야기이다. 돌아와서도 끝나지 않는, 나와 당신이 만들어 낸 이 행성의 이야기.

혼자여서 아름다웠던 지난 시절의 기록들을 당신 앞에 풀어놓는다. 당신은 결코 외롭지 않다고, 빛나는 사람이라고, 함께 흐드러져 보자고.

목차

2부 당신과 흐트러지다

터키

3부 마음으로 흔드러지다

라다크

4부 돌아와 흐르러지다

1부

시간 앞에, 흐드러지다

○

천성적 게으름에
관하여

천성적으로 게으른 사람들이 있다.

날이 밝고 한참이 지나도록, 몸에서 '이봐, 이제 좀 일어나도 될 것 같
은데?'
하는 신호가 올 때까지 이불 속에서 버티는 것을 즐기는 사람,
이른 아침 더 이상 버티면 안 될 만큼의 경계에서
가까스로 지각을 모면할 시각을 초 단위로 계산하며
그렇게 생각하는 동안 일어나도 되지 않겠느냐고
마음 한편에서 망설일 만큼 두뇌가 역동적으로 돌아갈 때까지
버티기를 즐기는 사람, 방구석에 처박혀있어도
웬만해선 지루하다거나 심심하다고 느끼지 않는 사람,
텔레비전을 켜두는 것도 부지런한 것이라 생각하여 공회전 같이
흘러가는 소리마저 귀찮은 사람, 내면의 생각만으로도
하루가 지루하지 않은 그런 사람,

나와 당신 같은 그런 부류의 사람.

그러니까 조금 더 일찍 일어난다고 해서,

출근 시간을 남들보다 앞당긴다고 해서,

약속을 잡고 부지런히 사람들을 만난다고 해서,

텔레비전이나 음악을 배경처럼 깔아놓는다고 해서 달라질 것은 없다.

그것이 즐겁지 않다면,

그냥 내가 가진 것을 최대한 즐기는 수밖에.

천성적으로 게으른 사람들이 있다.
나와 당신 같은
그런 부류의 사람.

마음의
자리

프랑크푸르트 중악역에서 독일의 국경을 넘나
드는 기차들을 구경하곤 했다.

먼 곳으로부터 와서 먼 곳으로 흘러가는 그 이
름들이 좋았다. 체코의 프라하나 오스트리아의 빈
을 향해 달리는 기차 안에 타고 있다는 상상만으
로도 만족할 수 있었던 것은 몇 시간이면 국경을
넘을 수 있을 거라는 생각이 주는 위안 때문이 아
니었을까.

나는 프랑크푸르트를 떠나 프라하로 가는 친구
를 배웅했다. 기차를 타러 플랫폼 저편으로 멀어
지던 뒷모습을 향해 끝까지 손을 흔들어주었다.
자판기에서 지폐 몇 장이면 바로 프라하행 티켓을
구할 수 있었던, 그것이 신기했지만 신기할 것도
없던 그 가을, 나는 혼자 남겨진 자리가 쓸쓸하면
서도 좋았다.

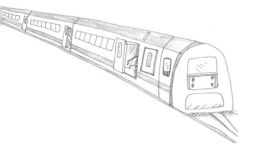

때로는 어딘가에 도달하는 상상만으로도 충분할 때가 있다. 친구가 떠나고도 나는 곧잘 그 자리에서 플랫폼에 대기 중인 기차를 바라보았다.

그때, 테이크아웃 커피 한 잔을 들고 플랫폼 근처의 어딘가에 앉아 분주히 오가는 사람들을 보던 그 시각, 영하를 크게 밑도는 날씨와는 대조적으로 뜨겁게 속을 데우던 차를 마시며 앉았던 빨간색 플라스틱 의자들.

언제라도 원하면 떠날 수 있다는 그 믿음이 어쩌면 나를 그 자리에 붙박아 두었던 걸지도 모르겠다. 어릴 적 연말이나 명절이 되어야 받을 수 있었던 종합선물세트를 전혀 예상치 못한 순간에 받은 적이 있다. 그것이 얼마나 좋았던지 꾸역꾸역 과자로 배를 채운 나는 단단히 체해서 며칠을 누워있어야 했다.

가끔 그때가 슬며시 기억나곤 한다. 나는 그 불편한 플라스틱 의자에서 그런 생각을 했던 것 같다. 가끔은 마음이 스며들 수 있도록 자리를 내어주는 것, 그럴 수 있도록 천천히 머물러보는 것에 대해.

○

흐드러지다

'흐드러지다'라는 말 앞에서 가끔 속수무책일 때가 있다. '매우 탐스럽거나 한창 성하다'라는 뜻의 이 형용사 앞에서 나는 가끔 무너진다. 봄날 누군가의 집 마당에서 풍겨오는 라일락 향기 같은 것을, 이 말은 담고 있다.

베를린에서 나는 여행자가 아닌 생활자로 살아볼 생각이었다. 봄날의 벚꽃처럼 어떤 시절이 있다면 마냥 햇살 아래 흐드러지고 싶었다. 나의 시간이 매우 탐스럽고 한창 성하기를 바랐다. 한 번도 나는 시간 앞에서 흐드러진 적 없었으므로, 진정으로 그렇게 하고 싶었다.

독립문 근처 옥탑방으로 첫 독립을 하던 그해, 나의 시절은 지금보다 더 탐스러웠을까. 수년이 흘러 타국에서 시간을 보내게 되었을 때, 나는 그 시절을 떠올렸다. 아침 일찍 출근하고 퇴근을 서둘러 다시 야간 수업을 들으러 학교에 가던 시절. 살면서 다른 생각은 하지 못했던 가장 바빴던 한때가 마침 떠오른 것은 어쩌면 당연했을지도 모르겠다. 처음 맛보았던 독립의 자유와, 타국 땅에서 홀로 맞이한 두 가지의 서로 다른 이야기가 하나로 만나는 느낌이 들기도 했다.

나는 한 번도 시간 앞에 무방비였던 적 없었으므로 한없이 게을러지고 싶었다.

지인의 호의로 베를린에 잠시 머물렀을 때 내가 묵었던 방에는 아기자기한 소품과 액자, 인도풍 장식이 놓여있었다. 한국을 떠난 지 30년이 훌쩍 넘은 지인의 생활은 여느 독일인과 다름없었다. 동양의 신비에 매혹된 서양인과 비슷한 느낌이었달까. 그녀는 인도에서 요가를 배우고 돌아온 요기이기도 했다. 동틀 무렵, 햇살이 역광으로 밀려드는 그 거실에서 나는 그녀의 유연하고 우아한 요가 동작을 보며 어설프게나마 몸을 움직여보고 싶었다. 그러나 몇 가지 욕망에도 불구하고 잠을 이기지 못했다. 마법에 걸린 듯 무시로 졸음이 쏟아졌다.

그 집에 짐을 내리자마자 머릿속에는 온갖 기억이 필름처럼 돌아가기 시작했다. 온통 이국적인 것들이 안에서 뒤죽박죽 제자리를 찾으려는 것 같았다. 이미 프랑크푸르트에서 여러 날을 머물렀지만 시차에 적응하지 못한 것이다. 밤에는 밤이라 졸렸고, 낮은 낮이라 졸렸다.

나는 그렇게 잠 속으로 빠져들었다.

시월, 북반구의 밤은 길었다. 오후 네 시경이 되면 날이 어둑해졌고, 곧 밤이 되었다. 시간을 잊은 채 자다가 정신이 들면 벌떡 일어나 마트에 생수를 사러 다녀오거나, 쓰레기를 버리러 나가는 게 고작이었다.

50년도 넘은 아파트의 엘리베이터는 오래된 영국 영화에나 등장할 법한 모습이었다. 두 사람이 타면 꽉 차는 좁은 공간에 수동으로 손잡이를 당겨 문을 여는 방식이었는데, 낡았다는 느낌보다는 오래된 것이 주는 아날로그적인 감성이 좋았다. 숫자가 표시된 동그란 버튼을 손가락으로 꾹 누르면 그 깊이가 느껴졌다. 손끝을 살짝 대기만 해도 기계음으로 층수가 안내되는 온통 최첨단뿐인 서울에 비하면 그곳은 구식으로 가득 찬 세계였다. 주황빛 페인트가 칠해진 손잡이를 돌려 엘리베이터를 드나들 때마다 나는, 이상한 나라의 앨리스가 된 것 같았다. 그 문을 나서면 새로운 세계가 나올 것 같았다.

늦은 해가 뜰 때, 창을 열면 바람이 들어오고 나뭇가지가 흔들리고 새가 울었다. 창에서 불어오는 시간과 공간, 창밖 풍경, 사람들의 모습과 거리의 간판 같은 것들, 그리고 텔레비전에 나오는 사람들과 언어가 바뀐 것만으로도 큰 변화였으므로 내가 엘리베이터를 타고 오르내리던 그 건물은 나를 이상한 나라에 도착한 앨리스로 만들어주었다.

오랜 여행 후 집에 돌아온 집처럼,
혹은 이제 막 이사 온 사람처럼
나는 피부와 장기 깊숙이
현지의 시간을 점착한 후에야
집 밖으로 나가고 싶은 마음이 생겼다.

나는 여전히, 그것이 무엇이 되었든
익숙해지기까지 천천히 가는 것을 좋아한다.

그렇게 나는 그 엘리베이터를 사이에 두고
시간 앞에서 한동안 흐드러졌다.
봄날의 라일락 향기처럼
시간이 내 앞에서 만져질 것 같기도 했다.

그날 너는 광화문 한복판에 홀로 서있었지.

대형서점으로 들어가는 사람들에게 설문조사를 하고 있었어. '책에 두르는 띠지에 대해 어떻게 생각하세요?' 그런 피켓과 설문지를 들고 있는 너는 마치 다른 세계의 사람처럼 바쁜 도심의 일상과 어울리지 않았지. 나는 그런 너에게 호기심이 생겼어. 평소라면 절대 그러지 않았을 내 성격을 잠시 접어두고 너에게 다가갔어.

혹시 환경 단체나 시민운동 차원에서 나온 것은 아닐까? 나의 질문에 너는 아무 곳에도 소속되지 않았다고 했지. 책 내용과는 전혀 상관없는 띠지가 낭비라는 생각이 들어서, 그래서 책을 읽는 사람들은 띠지에 대해 어떻게 생각하는지 궁금해졌다고 했어. 띠지가 필요한지, 어떻게 활용하고 있는지, 혹시 띠지 따위를 없애버리는 방법은 없을지 궁금해서 혼자 피켓을 만들어 거리로 나왔다고 했어.

가능한 것을 실천하고 싶은 너는 스스로를 가능주의자라고 했지. 나는 그런 네가 마음에 들었어. 팔팔하게 뛰는, 바다를 힘차게 헤엄쳐 다녔을 활어 같은 느낌이었달까.

너는 잘 모르겠지만 나는 가끔 사는 게 힘들다고 느낄 때마다
그때의 너를, 너의 그 열정을 생각했지.

그런 것이었을 거야. 살아 숨 쉬는 것에 대한 열망.
결코 한자리에 멈추는 법이 없는
그 역동성.

스스로 정지했다고 느끼는 순간 나는 너의
이야기들을 꺼내보곤 했어. 정지된 것은 이미
죽은 거나 다름없으니까 말이야.

바람에 수없이 흔들리면서 피어나는 들꽃
처럼 내가 흔들리고 있다는 것까지 예민하게
느끼면서 나는 살아있고 싶었어.

나는 그걸 확인하고 싶을 때마다 짐을 쌌던 것 같아. 살아있는 심장 같은 걸 느끼고 싶을 때 말이야.

한참의 시간이 흐른 후, 내가 너의 목소리를 듣기 위해 전화를 걸었을 때 너는 논문을 쓰느라 정신없이 바쁘다고 했어. 나는 그저 힘내라는 말이 듣고 싶었는데 너는 내가 풀어 놓는 딴 세상의 이야기가 부담스러운 모양이었어.

통화를 끝낸 후 전화기를 들었던 손에 힘이 풀렸지. 너를 탓할 수는 없는 일이었어. 오히려 내가 한곳에 머물지 않았듯 너 역시도 마찬가지였으리라는 걸 헤아리지 못한 내 잘못이라는 생각이 들었지. 그러는 동안 너와 나의 중심이 지구의 판처럼 무시로 움직이면서, 그 사이에 텅 빈 공간이 생겼을 거야. 그 공간이 점점 멀어졌을 거고, 때로는 그 사이로 화산 하나가 폭발해 해수면을 뚫고 나와 새로운 육지가 생겼을지도 몰라.

나는 왜 너 또한 움직이고 있다는 생각을 하지 않았을까. 어쩌면 내이기심이었을 거야. 이후 여전히 너에게 전화를 걸지 못하고 있는 것은.

사람을 고정된 틀에 묶어두는 것은 있을 수 없는 일이야. 내가 오랜 먼지를 털 듯 다시 짐을 싸는 것처럼.

우주적인
이야기

    나는 습관처럼 과학책이나 내가 알지 못하는 분야의 이론서 따위를 찾아 읽는다. 베를린에 머무는 동안 나는 아인슈타인의 이야기에 빠져 있었다. 때로 물리학은 어떤 소설보다도 더 흥미진진한 경험을 선사하곤 한다. 그리고 물리학자들은 가끔 시인의 언어로 이야기한다. 그렇게 보석 같은 문장을 발견할 때면 나도 모르게 미소를 짓게 되는데, 그것이 내가 다양한 종류의 이론서들을 손에서 놓지 못하는 이유일 것이다.

    베를린의 숙소는 우리나라로 치면 역세권. 지하철역에서 그리 멀지 않은 곳이었지만, 집 근처에는 카페가 없었다. 산책하다가 우연히 발견한 카페는 역 반대편으로 십오 분 정도를 걸어야 나왔다. 나는 그곳에서 자주 책을 읽곤 했다. 1유로면 진한 드립커피를 마실 수 있는 그곳은 문을 밀고 들어가면 원형의 주방이 보였고, 나보다 조금 더 나이가 많아 보이는 여자가 커피를 주문받았다.

창가 쪽에는 2인용 원형 테이블이 드문드문 놓여있고, 홀 안쪽으로는 조금 큰 테이블이 있었다. 음료 말고 브런치 종류도 파는 그런 곳이었는데, 혼자서는 양말도 신을 수 없을 만큼 배가 많이 나온 남자 손님은 소시지가 곁들여진 메뉴를 자주 시켰고, 어깨 길이의 머리에 굵게 웨이브를 넣어 파마를 한 은발의 노파는 나처럼 아침에 커피를 마시러 오는 날이 많았다. 그때 내 손엔 우주 물리학을 다룬 책 한 권이 들려있었다.

현재 과학계에 정리된 표준 우주론에 따르면, 우주에는 나의 복제판이 무수히 존재한다. 나뿐만 아니라 지금 있는 공간, 읽고 있는 책, 눈앞에 있는 책장까지도 똑같이 존재해, 무수히 많은 내가 있다는 결론에 이른단다. 시공간을 가로지를 수 없어 직접 확인할 수 없는 것이 가장 큰 문제라면 문제. 이 흥미로운 책은 마지막에 이르러 일 분이 영원같이 느껴지는 '축소하는 우주'에 대해 이야기한다.

마지막에 던지는 질문은 '우주 최후의 운명은 어떻게 될 것인가?'와 같은 것들인데, 내가 생각한 바로는 우주는 팽창하거나 수축하거나 어쨌든 생동하고 있으므로 그것을 알기 위해 노력하는 인간은 또다시 새로운 이론을 만들어낼 것이라는 것. 누군가는 언젠가 이 이론을 뒤집을 수도 있을 거라는 생각. 그런 것들이었다.

베를린의 한 카페에서 커피를 마시며 표준 우주론에 관해 읽었던 나는 또 얼마나 많이 복제되어 존재했을까. 결국 인간의 머리로 가늠할 수 없는 우주와 영원에 대한 이야기는 지극히 현실적인 나와 내면을 돌아보게 만들었다. 우주와 영원은, 암흑이자 고요이자 고독이었다. 1 뒤에 0이 28개 붙는 우주의 숫자 말고, 나는 한국보다 여덟 시간 뒤에 해가 뜨는 곳에 있는 나를 생각했다.

이것만으로도 아득한 시간이었다.

떠나온 시간들을 생각했다. 매일 아침 청와대 초입에 있던 사간동 사무실로 출근하면서 마주치던 전경버스들, 전경버스의 철창 아래 매직으로 엉성하게 써넣은 대통령 퇴진과 같은 낙서들, 줄을 맞춰 곤봉과 방패를 들고 골목골목에 배치돼있던 전경들……. 한미FTA가 사회적 합의 없이, 조용히 대통령 당선자의 이름으로 체결될 수 있었던 것이 당시 한국의 상황이었다. 이후 전직 대통령이 스스로 목숨을 끊었고, 사회는 충격에 빠졌고, 사무실 주변 일대는 국화꽃이 가득 찬 울음바다가 되었다.

　시위가 크게 있는 날이면 주변엔 전파가 차단되었던 건지 극심한 교통체증과 함께 휴대전화가 먹통이 되기도 했다. 사무실부터 삼청동으로 들어가는 길은 통행이 제한되었으며, 그곳에서 집으로 들어가지 못해 화가 난 주민들의 스트레스도 극에 달해있었다. 그런 날들 속에서

밤늦게까지 근무를 하는 날이면, 인근에 하나밖에 없는 옛날 방식으로 바삭하게 튀겨내는 배달 통닭집에서 치킨을 주문해 먹기도 했다. 책은 계속 출간되었고, 내가 일하던 회사에서는 매일 신간들을 모아 부지런히 언론사로 날랐다.

시간을 훌쩍 건너와 베를린의 한 카페에 앉아 책을 읽던 그때의 나는 두 마리의 고양이와 함께 다시 한국에 정착하게 될 줄은 꿈에도 생각지 못했다. 세월호가 침몰하리라는 것도, 후쿠시마에서 핵발전소가 폭발하리라는 것도, 이후 내가 어느 곳으로 어떤 걸음을 하리라는 것도, 아무것도. 그것만큼은 물리학자나, 점성술사나, 나 같은 시인에게도 공평한 일이라는 것이 어쩌면 위안이 될 지도 모르겠다. 과거, 현재, 미래가 물리학에서는 아무 의미가 없다는 것은 어쩌면 시였고, 어쩌면 위로였다. 아인슈타인이 남긴 짧은 말들에 기대던 시간이었다.

"그는 나보다 조금 앞서 이 이상한 세상을 떠났다. 그것은 아무 의미도 없다. 물리학을 믿는 우리 같은 사람은 과거, 현재, 미래의 구분이 단지 끈질긴 환상에 지나지 않는다는 것을 알고 있다."

– 알베르트 아인슈타인

이 문장에 마음을 송두리째 빼앗겼다. 이 하나의 문장에 날줄과 씨줄을 엮어 이야기로 만들 수 있지 않을까. 이 문장은 대서사시이거나 결말을 알 수 없는 대하소설과도 같았다.

그날 마음에 어떤 불씨가 생겼다. 희미하게 소설 한 편을 떠올렸다. 그 희미한 불씨는 점점 커지더니 1년 뒤 한 편의 소설로 완성되었다. 이 문장이 없었다면 생기지 않았을 이야기. 나와 당신 사이의 시공간이 잠깐 휘어졌던 어떤 시간. 시공간이 의미가 없는 과거, 현재, 미래의 구분이 끈질긴 환상이라는 물리학의 세계에서, 그러나 나는 지독하게 그립거나 지극히 과거에서 미래로 흐르는 시간의 흐름 속에 놓인 사람들의 이야기를 완성했다.

모국어로부터 자유로워진 그곳에서, 아무도 내 말을 알아듣지 못하는 그곳에서 나는 벙어리였다. 입을 닫자 글이 쏟아졌다. 결국 내가 쏟아내야 할 에너지의 양은 이미 정해져 있었던 것인지, 하고 싶던 말, 했어야 했던 이야기들은 그 질량을 그대로 유지한 채 세상으로 흘러나왔다.

습관

시월이 하순으로 넘어가고 있었다. 해가 점점 짧아져 네시만 되면 짙게 어둠이 깔렸다. 점심 식사를 하고 잠깐 바깥을 배회하면 바로 밤이 왔다. 나는 그곳에서 철저하게 관찰자가 되었다.

이따금씩 집에서 200미터 거리에 있는 7호선 할렘베그 역에서 지하철을 타고 시내로 나갔다. 그때까지만 해도 옷만 두둑히 입는다면 걸을 수 있었기 때문에 나는 동물원역에서 내려 시내 중심에 있는 거대한 녹지 티어가르텐을 가로질렀다. 티어가르텐을 그대로 풀면 '호랑이 정원'이란 뜻쯤 된다.

과거 봉건시대의 제후들이 이용했던 사냥터로, 1830년부터 지금까지 공원으로 남아있는 곳이다. 동서 가로로 길게 뻗어있는 꽤나 넓은 지역인데, 그 길이만 3킬로미터다. 들어가 보면 그곳이 사냥터여도 전혀 어색하지 않을 만큼 녹음이 짙다. 베를린에서 공원은 흙길과 드넓은 잔디, 공원 안을 흐르는 호수라는 세 가지로 기억된다.

티어가르텐은 내가 베를린에서 가본 다른 공원들을 백배쯤 불려 시내 한가운데 만들어 놓은 것처럼 규모가 커서 입이 벌어지긴 했어도 모두 비슷한 느낌이었다. 그것은 뭐랄까, 우리가 공원을 만들 때 거기에 없던 나무를 가져와 심고, 자전거 도로를 만들고, 보도블록을 깔고, 물길을 콘크리트로 정비하는 것과는 달리 흙과 나무가 있던 길을 그대로 살리고, 물길은 물이 흐르던 모양 그대로 두는 것이었다. 중세 시대 때부터 있던 나무들은 그 땅이 주는 기운을 받아 윤기가 흐르고 무성하게 잎을 드리우고 있었다. 날이 조금만 따뜻했더라면 햇살 아래서 오래도록 머물러도 좋았으리라.

　공원의 모든 길이 중앙에서 만나고 갈라졌지만 나는 여러 번 길을 헤매다가 전혀 엉뚱한 방향으로 나가기도 했다. 날은 겨울에 가까웠다. 한두 시간만 걸어도 손과 발, 귀까지 얼얼해졌다. 간단히 샌드위치와 커피 한 잔으로 점심을 해결하고 도시를 가로지르는 슈프레 강을 바라보다가 날이 저물면 나의 도시 탐방도 마무리되었다.

　동네와 관광지를 구분하기 가장 좋은 차이점은 바로 카메라가 아닐까. 손에 카메라를 든 사람이 많은가 그렇지 않은가로 그곳의 '관광 지명도'(그런 말이 있다면 말이다)가 결정된다. 티어가르텐을 비롯해 대학과 각종 박물관들이 있는 중앙에서 만난 사람들은 사진 찍기에 여념이 없었다. 반면에 나는 그곳에 몇 년 머문 유학생이라도 되는 양 카메라를 꺼내드는 일이 거의 없었다.

　배낭 속에 작은 똑딱이 카메라가 있긴 했지만, 언제나 사진을 찍어야겠다는 생각은 집으로 돌아갈 때쯤에야 들곤 했다. 지금 남아있는 사진들은 어떤 의무감으로 찍어둔 것들이라 촬영일이 거의 비슷한 시기에 몰려있다. 결국 내 폴더에는 티어가르텐도, 슈프레강 일대도, 자주 가던 카페의 사진도 남아있지 않다.

카메라를 들고 다니면서 눈에 보이는 것들을 찍다보면 갑자기 피로감이 몰려오곤 했다. 그것이 크게 즐겁지 않았던 것이다. 열심히 찍어보려던 다짐은 오전에 거의 바닥이 나고 말았던 것인지, 오후로 갈수록 사진의 양은 점점 줄어들기 일쑤였다.

그리하여 나는 베를린의 풍경을 사진이 아닌 마음으로 기억하게 된 것일지도 모른다. 할렘베그의 오래된 아파트에 담쟁이넝쿨이 올라 가을 정취가 물씬 느껴졌던 그 장면, 곧잘 길을 잃곤 하던 티어가르텐, 슈프레 강이 흐르는 박물관섬에서 강쪽으로 선텐 의자처럼 몸을 누일 수 있는 긴 의자가 일렬로 놓였던 카페, 그 앞을 지나다니던 유람선과 햇살을 받아 반짝이던 강물들…….

습관이란 어쩌면

한 사람을 말해주는 가장 큰 증거일지도 모른다.

우연,
하다

체감온도가 영하 40도까지 떨어지는 한파가 지속되던 날, 나는 눈 쌓인 알렉산더플라츠 역 주변을 걷고 있었다. 손에는 바퀴 달린 가방과 배낭이 들려있었다. 해는 더욱 짧아지고, 그림자는 비현실적으로 길었다.

단기임대를 위해 미렌도르프플라츠 역으로 가는 길이었다. 공동 거주로 주방과 욕실을 함께 쓰는 조건이었는데, 모든 가구와 필요한 살림들이 다 채워져 있어 몸만 들어가면 되었다.

나는 한국에서 가져온 10인치짜리 넷북으로 세상을 들여다보았다. 마치 터미널에서 너를 만나던 날처럼 모든 짐을 캐리어에 담아 지인의 집을 나왔다. 새로운 집을 미리 확인한 것도 아니었다. 그냥 나의 생애를 가져가듯 짐을 옮기면 그 집이 바로 내가 잠시나마 머물 공간이 되리라는 막연한 느낌만을 가진 채였다.

습관처럼 우연에 기댈 때가 있다.
여행은 이러한 우연의 연속이다.

그래서 가끔 나는
'여행하다'를 '우연하다'로 읽곤 한다.
마치 오래전 떠나왔던 집으로 돌아가듯,
나는 방을 확인하자마자
그 집에 짐을 풀었다.

가끔 나는 '여행하다'를
'우연하다'로 읽곤 한다.

밤의
계절

북반구의 겨울은 밤이었다. 밤의 계절이었다. 오후 세 시면 어둠이
찾아왔다. 거리를 배회하던 이주자의 탐색도 점점 뜸해졌다.

동네 카페나 대형 쇼핑센터, 서점이나 교회 안에서 종일 시간을 보내
거나 그도 아니면 방에서 책을 읽었다.

아침마다 나는 커피를 내리고, 빵을 구웠다. 독일의 라디에이터 난방기인 하이쭝을 뜨끈하게 데워놓고 아침 식사를 하는 그 시간을 좋아했다. 어떤 날 사온 치즈는 구수하고 진한 청국장처럼 고약한 냄새가 났다. 처음엔 그 냄새를 견디면서 몇 조각을 먹었는데 다행히 먹을수록 괜찮아졌다. 독일어는 여전히 서툴렀고, 식재료들의 이름은 어느 정도 익혔지만, 다양한 치즈 속에서 어떤 것이 응고가 더 된 건지, 더 구수한지, 지방 함량은 어떻게 되는지를 파악하는 건 불가능한 일이었다. 같은 모양, 같은 중량의 치즈도 종류가 여러 가지라 포장지 색상만 바뀌어 가면서 맛이 달라졌다. 우리나라 마트에서 젓갈이 많이 들어간 전라도식 김치와 시원한 해남김치를 고르는 외국인과 같은 처지가 아니었을까.

일상의
반복

　한 달 정도를 머물기로 한 그 집에서 나는 요리를 해 먹었다. 몇 가지 치즈와 두어 종류의 버터, 과일과 채소를 떨어지지 않게 사두었다. 밥은 쌀알이 흩날리는 인도쌀을 한 팩 단위로 사서 먹었다. 인도쌀은 버터와 소금을 넣고 십 분 정도만 끓이면 스테인레스 냄비에서도 금방 익었다. 그렇게 고소하고 간간한 쌀밥에 토마토나 채소류를 볶아냈다. 종류마저 다양해서 고르기도 어려운 치즈를 뜨거운 채소볶음 위에 얹으면 훌륭한 요리가 만들어졌다.

　아침 식사를 마치면 잠시 하이쭝을 끄고 창을 활짝 열었다. 실내외의 공기가 빠르게 순환하는 동안 움직이는 사람들을 구경했다. 창밖으로 고개를 빼고 담배를 피우는 것도 일과 중의 낙이었다. 그 시각이면 건너편에 있는 몇몇 가게들이 셔터를 올렸다.

　도로 갓길엔 주차된 차들로 가득했다. 눈이 무척 많이, 자주 왔던 겨울이었다. 자고 일어나면 차에는 10센티미터는 족히 되어 보일 만큼 눈이 쌓이곤 했다. 주차되어있는 자동차들이 수시로 위치를 바꾸었지만, 한 대만큼은 움직이는 법이 없었다. 낡은 독일의 2인용 경차였다.

　차 위로 눈이 녹았다가 쌓이기를 반복하던 어느 날, 드디어 그 자동차의 주인이 나타났다. 나는 사설탐정이라도 되는 양, 그 광경을 호기심 어리게 지켜보았다. 키가 190은 되어 보이는 곱슬머리의 깡마른 남자가 성큼성큼 다가와 차문을 열더니 시동을 걸었다. 차의 반응은 날씨처럼 냉담했다. 이제 더 이상은 기계가 아니라는 듯 아무 소리도 내지 않았고, 꿈쩍도 하지 않았다. 남자는 화를 내며 타이어를 발로 몇 번 차더니 가버렸다. 그 후로 며칠 동안 그 광경이 반복되었다. 변심한 애인을 찾아가 애원하는 옛 애인 같은 느낌이었다. 나는 그런 일상의 반복을 즐겼다.

이국적인
크리스마스

위층에 사는 커플은 살인적인 추위를 녹이겠다는 기세로 매일 밤 격렬하게 사랑을 나눴다. 그 소리는 오래된 아파트의 배관을 타고 내려왔다. 그 집을 나올 때까지 그들과 마주친 일은 없었지만, 윗집의 소음이 있어 사람이 사는 건물이라는 생각이 들곤 했다. 그 소리를 제외하면 고요해서 적막한, 그곳은 그런 곳이었다.

그들이 친구들을 초대해 음악을 크게 틀고 파티를 하던 날에는 그 소리를 듣고 있기가 조금 버거웠다. 그러나 동시에 내가 시간가는 줄도 모른 채 혼자만의 놀이에 빠져있었다는 것을 느낀 계기도 되었다. 어느새 크리스마스가 다가온 것이었다. 그들이 연말파티를 하던 시각 나도 베를린의 나이트 라이프를 즐겼다면 되지 않았을까. 이 천성적인 게으름을 그럴 땐 잠시 피하고 싶다.

크리스마스이브, 잠깐 외출하는 것 말고는 내내 방 안에만 있는 내가 안돼 보였던지, 내게 세를 낸 단기임대자가 교회 행사에 나를 초대했다. 그녀는 베를린음대에서 성악을 전공한 유학생으로 졸업을 앞두고 있었다. 졸업 후의 진로가 그녀의 최대 관심거리이자 고민이었다. 우리는 서로에 대한 이야기를 나누며 지하철에 올라 교회로 향했다. 베를린에 있는 한인 교회는 외관을 붉은 벽돌로 마감해 주변의 건물과 비슷한 분위기를 풍겼다. 내부를 크리스탈 모자이크로 훌륭하게 장식해놓은 그 교회는 무척이나 넓었다. 행사가 시작되었고, 음대 유학생들로 이루어진 음악회는 압권이었다. 관현악단의 훌륭한 연주가 있었고, 웅장한 합창단이 있었다.

'기쁘다 구주 오셨네'가 실내에 울려 퍼졌다. 한 사람의 탄생을 전 세계가 축하할 만큼, 달력의 기준을 새롭게 매길 만큼 거대한 사건이 있었던가. 멀리 동방에서 유학 온 뮤지션들은 이국의 메시아를 찬양하고 있었다. 구세주를 위해 춤추고 노래하는 밤. 그곳은 베를린의 한국이었다.

베를린의 한국에서, 나는 다시 혼자가 된 느낌이었다. 최후의 예수는 어떤 마음이었을까. 음악이 울려 퍼지는 가운데, 밖으로 나왔다. 성탄전야, 교회에서는 노란 불빛이 은은하게 새어나왔다. 쌀쌀한 바람을 맞으며 담배에 불을 붙였다. 한국말을 하는 사람들 사이에 있었음에도 어쩔 수 없이 나는 혼자가 된 느낌이었다.

○

어떤
풍경들

'r' 발음에서 쇳소리가 났다. 독일어에서 이 소리는 거의 '에흐'에 가까웠는데 한국어에는 없는 발음이라 이를 잘 발음하는 한국인을 만나는 것이 어렵다. 타인의 입에서 이 소리가 나올 때마다 귀에서 걸러냈다. 바흐의 흐와 같은 'ch' 소리를 낼 때 목구멍에서 올라오는 허스키한 소리도 마찬가지였다. 그런 발음들이, 모음 위에 두 개의 구두점을 붙이는 '움라우트' 표기가 독일에 있음을 상기시켜주곤 했다.

한국에서 복잡한 문법들을 조금 익혀두긴 했지만, 여전히 낯설고 어려웠다. 한 주에 세 번 수업이 있는 어학원에는 딱 나만큼 독일어를 할 줄 아는, 그러니까 ABCD나 간신히 뗀 학생들이 십여 명 모여있었다. 이란이나 터키, 중동 출신이 대부분이었고 아시아계는 나밖에 없었다. 선생님을 따라 인사말과 문법을 배우고 작문을 했다.

모두들 수줍어했지만, 미국에서 온 수강생만큼은 조금 달랐다. 그는 처음부터 끝까지 영어로 모든 의사표현을 했다. 내가 다니던 곳은 한국인들이 유학을 위해 속성으로 언어를 익히는 학원이 아니라 공공기관에서 하는 일종의 문화센터와 같은 곳이었다. 그래서 수강생들도 다양했는데 독일에서 일을 하기 위해 온 중동사람들이 가장 많았다. 미국인은 독일에 온 이유를 설명하지는 않았지만, 어느 나라에서 만나도 비슷한 느낌, 미국인이라는 자부심으로 넘쳐나는 사람이었다. 그곳은 작은 세계였다. 그의 수다에 귀가 피곤했던 것만 빼면 재미있는 경험이라고 생각했다.

수업을 마치고 다리를 건너 지하철역으로 가는 길에는 노점들이 몇 있었다. 역시 커피가 1유로였고, 손바닥만 한 빵에 길이가 그 세 배쯤 되는 소시지를 끼워 머스터드소스를 발라 파는 샌드위치 노점도 있었다. 길에서는 늘 그릴 위에 소시지 굽는 냄새가 났다.

* * *

오래된 건물이 주는 감성이 있다. 여전히 그것들이 건재하고, 여전히 사람들이 그 건물에 살고, 장사를 하고, 여전히 예배가 있는 교회로 기능하는 것. 그런 모습은 왜 불시에 발길을 멎게 하는 걸까. 몇백 년은 된 건물 앞으로 아스팔트가 깔려있고 그 위로 자동차가 지나가는 광경은 마치 타임머신을 타고 과거를 구경하는 관광상품에 참여한 것 같은 느낌마저 들게 했다.

속도에 탐닉하는, 최신 기술을 미덕이라 여기며 달려온 사회에 살았던 나는 아주 낡아 보일 정도로 고집스럽게 바꾸지 않는 지하철역의 티켓 발권 시스템 앞을 그냥 지나칠 수가 없었다. 이십 년 전의 기술이어도 전혀 불편할 것이 없는데 두세 해 걸러 지하철의 검표 기계들은 좋게, 더 좋게, 더 디지털화되어 바뀌고 또 바뀌었다. 스무 살에 (지금은 없어진) 동대문운동장역으로 출근하면서 사용하던 지하철 정액권(만 원을 충전하면 만 천 원을 사용할 수 있던 마그네틱 형식의 지하철 티켓)은 기억 속으로 사라진 지 오래다.

나는 고성들 주변으로 복잡한 상가가 이어지는 곳에 자리를 잡고 앉아있기를 좋아했다. 맑은 날보다는 흐린 날이 더 많았던 가을, 공기가 눅눅했다. 눅눅한 공기의 한편을 보면 언제나 테라스가 넓게 펼쳐지는 카페가 있었다. 나는 그중 한 자리를 골라 앉았다.

세계의 사람들이 그 앞을 지나다녔다. 히잡을 걸친 눈이 깊은 중동 여인들, 관광차를 타고 와 빠르게 지나가는 한 무리의 사람들, 어디서고 자국어로 이야기하는 그럼에도 말은 언제나 통하기 마련이라 신기한 경험을 안겨주는 일본인들…….

나는 슈프레 강이 보이는 그 풍경을 좋아했다. 내가 본 사람들은 내가 이천 년대를 살고 있음을 알게 해주는 현대적인 배경이었다.

* * *

세 개의 청록색 돔이 인상적인 베를린 대성당에서 앉아있기. 그 외관 때문에 베를린돔으로 더 유명한 명소이다. 나는 프로그램대로 진행되는 공연을 듣는다. 중앙에 거대한 파이프오르간이 있고, 예배가 열릴 장소에서 뮤지션들이 각각의 파트를 연주한다.

관악이나 현악이 번갈아 울린다. 베토벤의 고향에 와서 베토벤을 듣는다. 관람객들이 바쁘게 그 안을 채운다. 종일 듣고 있어도 지루하지 않다.

계단을 따라 전망대에 오르면 시내가 한눈에 보인다. 슈프레 강이 흐르고, 유람선이 떠다니고, 훔볼트 대학과 박물관, 시내 전체가 눈에 들어온다. 느긋하게 앉아 강을 바라보던 카페의 야외 테이블도 눈에 들어온다. 이제 의자에 앉아있는 사람들이 없는 건 기온이 내려가고 있다는 증거다.

사람들의 옷차림이 점점 두꺼워지고, 유람선은 만원이다. 돔 위에 올려진 조각상에는 전쟁의 상처로 보이는 포탄 자국이 남아있다. 창으로 빽빽한 이 도시의 건물들은 그렇게 해를 받기 위해 존재하는 것 같다.

* * *

도시는 전쟁과 분단의 흔적을 모두 '복원'하지 않고 조금씩 남겨두었다. 제2차 세계대전 때 일부가 소실되었지만 그대로 둔 성당, 동서독을 갈랐던 베를린장벽을 허문 자리. 그리고 그 벽을 폐기하지 않고 모아서 만든 박물관.

살면서 잊지 말아야 할 것들이 있다.

○

터미널

터미널에서 만나자.

그 말이 떠오를 때가 있다. 우리가 강릉으로 떠나기로 했던 날, 익숙한 만큼 약속도 간단했다. 문자로 주고받은 이 한마디가 전부였다. 강릉으로 가서 정동진이나 주문진 같은 곳에 가보자고 했다. 어쩌면 김기덕 감독의 영화 〈섬〉에 나오는 파란 대문 같은 숙소가 있을지도 모른다고, 바다가 보이는 숙소에서 하루를 머물자고 했다.

오후 두 시. 약속 시간에 이르러 우리는 다시 서로의 위치를 확인했다.

– 어디?
– 곧 터미널.
– 나도.

먼저 도착했던 나는 남은 좌석을 헤아리며 네가 오기를 기다렸다. 그러나 엇갈린 건지 도무지 서로의 위치를 가늠할 수 없는 상황이 되었다. 문자로는 이야기가 어려워 전화를 걸었다.

　우리는 서로 다른 곳에 있었다. 그때의 너와 나는 터미널에
있었지만, 각자가 생각했던 터미널에 있었던 것이다. 한 지점
에서 만나는 것은 무리라는 판단이 선 우리는 다시, 강릉 터미
널에서 만나기로 했다. 동서울 터미널과 강남고속 터미널에
서 각각 출발하는 버스를 타고 우리는 강릉에 도착했다. 강릉
으로 가던 그 길, 버스 안에서 나는 허술한 약속에 기댔던 것
을 생각하며 내내 웃었더랬다.

　그 뒤로 가끔씩 나는 가족오락관의 이구동성 프로그램에서
했던 것처럼, 무턱대고 누군가에게 말해보고 싶어진다. 우리
의 몸이 과연 같은 단어에 어떻게 반응할지를 가늠해보고 싶
은 것이다. 혹시 다른 터미널에서 서로를 기다린다고 하더라
도 웃으면서 같은 목적지로 향할 수 있으니까. 그곳에 닿기까
지 서로를 생각하며 즐거울 수 있겠다는 그런 상상.

　아주 아날로그적인 방식으로 나는 당신에게 말을 걸고 싶
어지는 것이다.

... 우리, 터미널에서 만나.

2부

당신과 흐트러지다

이스탄불

이스탄불은 어떤 가능성의 상징처럼 느껴지기도 한다.

많은 나라들이 이스탄불을 중심으로 뻗어있다.
유럽과 아시아가 나뉘는 곳.

지중해와 흑해, 카스피 해와 홍해가 사방으로 뻗어있는
유럽과 아프리카, 중동과 아시아가 연결되는 곳.

그리하여 터키는
어느 곳에도 속하지 않으면서
그 모두에 속하는 나라가 된다.

이스탄불에서라면, 육로로
혹은 가볍게 페리에 올라
유럽에서 아시아로 이동할 수 있다.

어디로든 떠날 수 있고

어느 곳에서든 결국 도달하는 끝.

이스탄불에서라면 그 모든 것을 만나고

그 모든 이야기 속으로 스며들기에 충분하지 않을까.

국경이 연해있는 나라들로 떠나고 싶은 욕망이 강렬했지만

이율배반적으로

아야소피아

그랜드바자르

술탄아흐메트

탁심의 밤거리까지…….

많은 여행객으로 북적거리는

거리에 그냥

눌러앉고 싶어졌다.

욕망을 붙잡아둘 줄 아는 묘한 매력을 가진 도시.

벗어나고 싶었으나

돌이켜 보면 늘 당신 곁에 머물곤 했던

기억처럼

하루 종일 모스크에서 들려오는

아잔 소리에 취해보는 것도 괜찮지 않을까, 이스탄불.

발음하는 순간 이미

나의 여행은 시작되었다.

기억하는

순간

터키의 노벨문학상 수상 작가 오르한 파묵은 이스탄불에서 나고 자랐다. '파묵 아파트'라고 이름 붙인 집안의 건물에서 온 가족이 모여 살고, 고급 외제차를 타고 다닐 만큼 부유했던 그는 어릴 때부터 줄곧 한 집에서 살았다고 말한다. 그것은 그의 자전에세이 《이스탄불》에 세밀한 풍경과 함께 묘사되어있다.

어려서부터 성인이 된 이후까지, 십수 번을 이사했을 만큼 나는 어느 한 곳에 '정착'해 생활해본 적이 없다. 그러니 한 지역에서, 그것도 한 집에서 평생을 살아왔노라는 누군가를 만나면 호기심부터 생기고, 일말의 부러움마저 생겼다.

이스탄불, 아니 터키로 향하면서 내가 처음 접했던 것은 아타튀르크라는 이름이었다. 비행기의 목적지가 이스탄불 아타튀르크 국제공항이었으니 이미 출국 전부터 그 이름을 접한 것이다. 터키 건국의 아버지로 칭송 받는 무스타파 케말 아타튀르크.

이제는 그의 이름 전체를 어렵지 않게 부르지만 이스탄불의 동쪽에 있는 사비하 괵첸 공항과 서편의 아타튀르크 공항은 그 이름만으로 위치를 구분하기가 무척이나 혼동스러웠다. 여행 안내서를 보면서도 어디서 어떤 셔틀을 타야하는지 여러 번 목적지를 확인하는 과정이 이어졌다.

이제는 그 공항의 이름뿐 아니라 주요 거리의 이름들까지 익숙해진 나는 이스탄불에서 돌아와 다시 오르한 파묵의 책《이스탄불》을 펼쳤다. 작가가 걸었던 길과 골목, 거리, 지명 곳곳에 대한 향수를 간직한 채 말이다. 사실 가기 전에 읽었던, 아니 읽기를 시도했던 이 책은 책장이 잘 넘어가지 않는 지루한 책이었다. 낯선 지명과 거리, 사람들의 낯선 이름 때문이었을 것이다.

내게는 호킹지수(독자들이 책을 얼마나 읽었는지를 나타내는 지표. 숫자가 낮을수록 책을 거의 읽지 않았다는 뜻이 된다. 스티븐 호킹의 역작《시간의 역사》가 독자들이 책장에 꽂아놓고 덮어버린 1위의 책이라는 데서 이름이 유래했다)가 지극히 낮은 책이었던 것이 여행지에서 돌아온 후에는 아껴서 맛있게 읽는 책으로 바뀌었다. 낯설던 지명이 머릿속에서 지도로 펼쳐지고 작가가 어린 시절을 보낸 그곳의 풍경이 생생하게 살아나기 시작한 것이다. 그와 더불어 작가에 대한 친밀감이 높아진 것은 말할 것도 없다.

보스포루스 해협을 다리가 아프도록 걸어 다녔던 기억, 길을 잘못 들어도 결국은 바다가 나오는 방향으로 가기만 하면 됐던 구시가지의 거리들. 배를 타고 이스탄불의 동서를 넘나들던 기억, 이스탄불의 가장 밑 왕자들의 섬에서 보았던 석양, 복잡한 시내와 사람들의 빨래가 널려 있던 타일이 예쁜 담장……

그렇게 이스탄불은 이제 내게 '기억'이 되었다.

그렇게
이스탄불은
내게 기억이
되었다.

술탄아흐메트,
골목들

짙은 안개 때문에 불안하게 착륙했던 비행의 기억을 말끔하게 지워주기라도 할 듯, 녹초가 되어 자고 일어난 첫날 아침 나는 호텔에서 마르마라 해를 보았다. 안개 때문에 그 앞을 지나면서도 알아보지 못했던 블루모스크도 보였다. 이제 봄이 왔다고 알리는 것처럼 날씨는 따뜻했고 하늘은 구름 한 점 없이 맑았다. 가슴이 두근거리기 시작했다.

호텔에서 제공하는 터키식 아침 식사를 마친 후 동네 산책을 하듯 가벼운 옷차림으로 길을 나섰다. 얼마 지나지 않아 블루모스크가, 아야소피아 박물관이 눈앞에 모습을 드러냈다.

그곳을 향해 걷는 동안 여행 다큐멘터리에서만 보던 석류와 오렌지 즙을 2리라, 우리 돈으로 천 원쯤 하는 가격에 판매하는 노점을 다섯 곳은 지났을 것이다. 관광객을 상대로 기념품과 카펫을 파는 상점들, 그 사이로 비잔틴, 오스만 두 제국의 건축물이 군데군데 모습을 드러냈다.

16세기에 지어진 터키 전통 목욕탕인 하맘이 나오는가 하면 5세기부터 이어진 모자이크 거리에는 여전히 전통 시장인 바자르가 운영 중이었다. 호텔 셔틀버스와 대형 관광버스가 부지런히 사람들을 실어 날랐다. 나는 오르한 파묵이 말하던 '네모난 돌이 깔린 거리'들을 지나고 있었다. 고양이와 개들이 햇살을 받으며 꾸벅꾸벅 졸고 있었다. 아야소피아에 도착하기까지 모든 거리와 건물들에 눈길을 주느라 지루할 틈이 없었다.

아야소피아는 현재 박물관으로 지정돼 관람객을 받는다. 기독교와 이슬람 문화가 혼재하는, 성당이자 모스크이기도 한 역사를 간직한 곳이다. 비잔틴제국에서 세운 교회가 오스만 시대로 넘어오면서 그대로 모스크가 되었다.

모스크로 사용하기 위해 하얗게 덧칠했던 회벽이 조금씩 벗겨지면서 벽을 가득 채웠던 기독교의 성화들이 드러나기 시작했다. 안으로 들어서면 모스크의 상징들과 기독교의 성화가 조화를 이루는 모습에 우선 놀란다. 두 문화가 혼재된 이곳은 과연 이스탄불의 단면을 보여주는 상징적인 장소라 할 만하다.

아야소피아를 마주보고 있는 블루모스크는 오스만제국의 술탄 아흐메트 1세가 아야소피아보다 더 아름다운 모스크를 만들겠다는 목표 아래 세운 곳이다. 그의 이름을 딴 술탄아흐메트라는 본래 이름 대신 블루모스크로 불리는 이곳은 이름대로 건물의 외관에 아름다운 푸른빛이 감돈다. 블루모스크는 현재까지도 모스크로써의 역할을 이어오고 있다.

아야소피아에서 두 종교의 접점을 본 후에 들어간 블루모스크는 또 다른 매력을 발산했다. 사원 밖에서 손과 발을 정갈하게 씻은 이들이 신에게 기도를 올리는 풍경. 나는 그곳에서 종교의식을 조용히 엿보는 염탐자가 되었다. 무릎을 꿇는 경건함, 가만히 감은 눈. 얼마나 시간이 흘렀을까. 생각을 내려놓자 경계가 사라졌다. 무슬림 여인처럼 히잡을 두른 내 모습이 더 이상 낯설지 않았다.

이슬람교는 사람의 목소리 말고는 어떤 악기도 허락하지 않는다. 모스크 안에는 거대한 파이프 오르간도 피아노도, 제단처럼 보이는 곳도 없다. 천장이 높은 홀에 카펫이 깔려있고 크리스탈로 장식된 조명들이 반짝일 뿐이다. 하루 다섯 번 기도(예배) 시간을 알리는 아잔을 부르는 사람도 아무런 반주 없이 오직 목소리만으로 이야기할 뿐이다.

신과 개인이 직접적으로 소통하기 때문에 성직자도 없다. 매주 금요일에는 모스크에 모여 합동 예배가 열리는데, 이맘이라고 하는 진행자가 주도한다. 이맘은 연장자나 학식이 있는 사람이 돌아가면서 하는 것으로 알려져 있다.

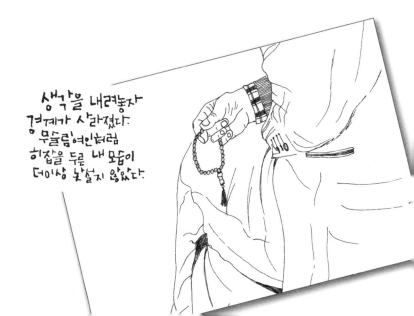

생각을 내려놓자
경계가 사라졌다.
무슬림 여인처럼
히잡을 두른 내 모습이
더이상 낯설지 않았다.

나는 어느 금요일 우연히 모스크에 들어갔다가 예배의 처음부터 끝까지 함께한 적이 있다. 에윕의 사원이었는데 큰 건물을 꽉 채우고도 사람이 들어올 수 없어 개인용 방석을 깔고 예배를 올리는 사람들이 도로까지 가득 메울 정도였다.

그곳에서 영화나 뉴스를 통해 보았던 극단적 무장테러 집단으로 분한 이슬람의 모습은 찾아볼 수 없었다. 종교는 그저 생활이었다.

한국의 밤거리에 십자가가 빛나는 것처럼 이스탄불이나 터키 대부분의 지역에도 집이 있고, 그 주변에 수없이 많은 모스크들이 있을 뿐이었다. 이후에도 나는 날씨가 흐리거나 조용히 시간을 보내고 싶을 때면 모스크에 들어가 앉아있곤 했다.

블루모스크를 나와 아야소피아를 사이에 두고 있는 공원 벤치에 앉았다. 낯선 종교와 그 건축물이 가득한 중심부에 있었지만 나는 그것이 불편하게 느껴지지 않았다. 모스크는 충분히 이국적이었고 오래전 실크로드의 끝자락에서 전 세계의 고객을 상대로 했던 상인의 호방한 기질에 마음이 열렸을지도 모르겠다. 공원엔 세계 각국에서 모여든 관광객들로 가득 차있었다.

벤치에 앉아 숨을 고르는 여행자와 오랜만에 찾아온 2월의 햇살 아래 한가롭게 털을 고르는 고양이들. 몸집이 커다란 들개도 사람과 어우러져 공원에서 낮잠을 즐긴다. 터키인들은 두 모스크를 바라보며 간단히 점심을 즐기거나 대화를 나눈다. 사진 찍기에 바쁜 관광객들은 좋은 배경이 된다.

아련하고
잔잔한

이렇게 오랫동안 걸어본 것이 언제였던가. 집과 집 사이를, 오래된 골목들을 밟아본 것이 언제였는지 기억이 가물가물했다. 하루 종일 걸으면서도 웃고 있는 걸 보면 나는 분명 이 여행이 즐거운 것이다. 날이 어둑해지면 숙소로 돌아가 부어오른 종아리를 쓰다듬으며 하루치의 고단을 계산하다가도 새벽 5시가 되면 들리는 아잔 소리에 어김없이 눈이 떠졌다.

터키 대부분의 지역에서는 하루 다섯 번, 이슬람의 예배시간을 알리는 아잔이 들린다.

이름 때문이었을까. 그 소리를 들을 때마다 마음이 아련하면서도 잔잔해졌다. 엄마 생각이 나기도 했다. 엄마라는 단어 앞에서 한없이 무기력해지는 나는 아잔을 들으면서 나를 위해 새벽기도를 하던, 골방에서 혼자 기도하던 엄마의 모습을 잠시 떠올리기도 했다.

그녀는 이미 세상을 뜬 지 오래지만 잠시나마 그녀와 함께 있는 것 같은, 그녀의 기도하던 뒷모습을 잠깐 엿본 것 같은, 그런 꿈을 꾼 것 같기도 했다.

그렇게 시차적응이랄 것도 없이 아침에 일어나 걷고 저녁에 숙소로 돌아오면 잠으로 빠져들었다. 새벽녘 잠이 덜 깬 채 이불 속에서 그 소리를 기다리면 어김없이 아잔 소리가 들려왔다. 다시 걸을 수 있는 하루치의 힘이 솟았다.

○

여름을 거슬러
봄으로

터키로 가는 경유지 두바이에서 다음 비행기를 기다리는 동안 나는 말레이시아인을 만났다. 만났다기보다는 그가 먼저 다가와 말을 걸었다는 편이 맞을 것이다. 인천에서 열 시간을 날아와 몰골이 말이 아니었던 나는 계절이 바뀐 두바이 공항에서 노숙자처럼 누워 잠을 청했다. 겨울에서 여름으로 계절이 바뀌어있었다. 한국에서부터 입고 온 외투를 모두 벗고 반팔 티셔츠로 갈아입었다. 계절이 바뀐 그곳은 지나는 사람도 모두 달랐다. 긴 대기용 의자에 누워 있던 나는 짐에 신경을 쓰느라 선잠을 자고 있었다.

잠시 잠에서 깨어나 여행 가이드북을 뒤적이고 있을 때 그가 다가왔다. 영어로 어디서 왔느냐고 묻던 그가, 코리아라는 말을 듣자마자 한국말을 하기 시작했다. 두바이에서 의류사업을 하고 있다고 했다. 과연 그의 주변에는 현지인으로 보이는 청년들이 있었고 그들은 동양에서 온 내가 궁금한지 호기심 어린 시선으로 우리의 대화를 엿듣고 있었다.

한국에서 8년을 살았다는 그는 생활형 대화를 구사했다. 곳곳의 지명을 알았고, 서울과 인천을 연결하는 한 광역버스 회사에서 일했다고 했다. 그러나 그의 거뭇한 얼굴과 먼저 다가와 호쾌하게 말을 건 상황이 점점 불편해지기 시작했다.

한국에서 외국인 노동자들이 처한 현실을 떠올리자 순간 한국인이라는 게 불편해졌다. 그의 명함과 이름까지 챙긴 나는 비행기 시간이 다 됐다는 거짓말을 하고 나의 이름도 알려주지 않은 채 서둘러 그 자리를 떠났다.

온통 이국적인 것들 속에서 가장
이국적인 사람은 내가 아닐까.
이스탄불은, 터키는 그런 곳이었다
나의 통념들을 무장해제시키는 그런.

터키에 도착해 며칠이 흐른 뒤 거울을 보니 얼굴이 볕에 그을려 있었다. 순간 "제 동생들이에요"하고 두바이 친구들을 소개하던 말레이시아인의 얼굴이 떠올랐다. 결국 이렇게 미안해할 거였으면 조금 더 이야기를 나눌 걸, 내 이름이라도 알려줄 걸, 하는 후회가 밀려들었다.

이스탄불은, 터키는 그런 곳이었다. 온통 이국적인 것들 속에서 가장 이국적인 사람은 바로 내가 아닐까 하는 생각을 하게 만드는. 내 통념들을 무장해제시키는 그런.

○

가지
못한 길

터키의 동쪽, 아시아 지역은 아나톨리아 반도에 있다. 아나톨리아는 그리스어로 '태양이 솟는 곳'이라는 뜻으로 서남아시아에서 서쪽으로 뻗은 대반도를 말하는데, 이곳의 서부는 이스탄불과 연결되어 우리에게 익숙한 주요 관광지가 있는 곳이고 동부로 갈수록 여행자들의 발길도 점점 뜸해진다. 터키의 동쪽 끝은 시리아, 이라크, 이란, 아르메니아, 조지아 등으로 연결된다. 국경이 이어지는 것은 한국인인 나에게는 언제나 낯설다.

경계를 나눈 것은 인간이지만 땅에는 그 구분이 없다. 물과 바람, 동물에게 그 경계는 아무 의미가 없다. 오직 인간에게만 적용되어 그 경계에 따라 삶의 질이 판이하게 바뀔 수 있다는 것은 얼마나 아이러니일까.

생각할 거리가 많거나 답답할 때 가끔 차를 운전해 달리는 것을 좋아한다. 집에서 가까운 자유로로 차를 몰아

파주 쪽으로 40킬로미터쯤 가다 보면 바로 판문점이 나온다. 그곳은 자유롭게 넘나들 수 있는 국경도 아니거니와 엄연히 전쟁을 쉬고 있는 휴전지대라는 것을, 출입이 허용된 지점까지 가보면 느끼게 된다. 국경을 넘는다는 것은 내게 어떤 부자연스러운 느낌을 준다.

터키는 많은 나라와 국경을 맞대고 있다. 전체 국토 중 이스탄불부터 아나톨리아 중부까지는 여행자들이 비교적 안전하게 여행할 수 있는 곳이다. 하지만 동부로 갈수록 분위기가 달라진다. 거리에서 여자들을 거의 볼 수 없고, 여행자라 하더라도 노출이 심한 옷을 피해야 한다거나, 여러 소수민족이 살고 있어 주의해야 할 것들도 점점 많아진다. 이러한 정보를 접하면서 지도상에서 터키의 반쪽만을 여정으로 고려한 것은 어쩌면 자연스러운 일이었을 것이다.

아나톨리아 동부의 준엄한 산맥이며, 소수민족들의 사는 모습이 궁금했지만 도무지 혼자 여행할 엄두가 나지 않았다. 그럼에도 가지안테프라는 남동부 지역에 동그라미를 그렸다. '삶의 속도가 빠른 미식가의 도시'라는 한 문장만 가지고도 그곳에 가고 싶었던 것이다. 훌륭한 음식과 상점, 박물관 같은 볼거리가 많은 남동부 최대의 도시—여러 제국의 변천사와 레바논, 아르메니안의 다양한 문화가 남아있는 곳이라는 점에서도 끌렸다.

이런 동경을 늘어놓는 것은 결국엔 내가 그곳에 가지 못했다는 것을 말하고 싶어서이다. 이스탄불에서 비행기를 타고 갈 수 있는 곳이었지만, 다른 경로와 자연스럽게 연결되지 않았고, 동부에 대한 일말의 두려움이 나의 여정을 멈칫하게 했다.

돌아온 후에도 그곳에 대한 미련이 남아있었지만 그 지명을 일상에서 접할 일은 없었다. 해를 훌쩍 넘긴 후 기억에서 흐릿해질 무렵, 뉴스에서 그 이름을 들을 수 있었다. 그곳은 시리아로 밀입국할 때 경유하는 주요 지역이었던 것이다.

비행기에서 만난 터키인 카트리예 아주머니와 나는 두
바이에서 이스탄불로 넘어오면서 더듬더듬 터키어로 대
화를 나눴다. 대화라기보다는 영어를 전혀 하지 못하는 그
녀에게 여행 회화 책을 들추면서 터키어를 배웠다는 편이
맞을 것이다. 어떤 어조와 속도로 읽어야 하는지 알 수 없
었던 터키어가 귀에 들어와 박혔다. 나는 말을 처음 배우
는 아이처럼 그녀를 따라했다. 그녀가 사는 곳은 지중해의
아나무르라는 해안도시. 그녀와 나는 지도를 보며 이야기
를 나누다가 시리아에 시선이 멈췄다.

시리아에 대한 이야기가 나올 때마다 그녀의 표정이 심각해졌다. 그쪽으로는 위험하니 가지 말라고 했다. 말을 알아들을 수는 없었지만 미간을 찌푸린 채 고개를 가로젓거나 손사래를 치는 행동을 통해 충분히 이해할 수 있었다. 그 이야기는 이스탄불에 도착해 며칠이 되지 않아 피부로 느낄 수 있었다. 내전. 그 오랜 갈등으로 인해 나라를 등지고 이웃 나라로 들어온 많은 난민들을 어렵지 않게 만날 수 있었던 것이다. 거리에서 구걸하는 사람 대부분도 시리아 난민이었다. 탁심광장에서 내 가방을 불시에 낚아채려 했던 것도 시리아에서 온 십 대 소년이었다.

오랜 내전이 이제는 만성이 되어버린 나라 시리아에는 극단적 이슬람주의 무장단체 IS가 있다. 텔레비전에서 가지안테프라는 말이 흘러나왔을 때 오른쪽 관자놀이가 지끈거려왔다. 그곳에 다녀왔다면, 삶의 속도가 빠른 미식가들의 도시에서 새로운 맛과 문화를 접하고 왔다면 어떤 느낌이었을까? 알 수 없는 미련과 안도가 동시에 교차했다.

나는 가지안테프에 대한 미련을 버리고 터키에서의 마지막 여정으로 다른 접경지역을 택했다. 이스탄불에서 서쪽으로 250여 킬로미터 떨어진 곳, 에디르네다. 에디르네는 터키의 서쪽 국경지역으로 그리스와 불가리아로 이어진다.

이스탄불의 버스 터미널에서 고속버스를 타고 세 시간 가량을 달렸다. 도시를 벗어날 때 교통 체증이 있었지만 오히려 서울의 고속터미널을 떠올리며 느긋하게 그것을 즐겼다. 체증이 풀리자 버스는 넓고 넓은 평원을 달렸다. 산이 있었고 넓은 초원지대가 나오면 가축들이 한가롭게 거닐었고, 초원을 따라 이어지는 평원에서는 과실수와 농작물이 자라고 있었다. 풍요로운 땅이라는 생각이 새삼 밀려왔다. 그렇게 다다른 에디르네는 그 예쁜 이름만큼이나 인상적인 곳이었다.

체류일이 좀 되자 나는 어느새 터키어로 나름의 작문을 하고 있었다. 우리의 마을버스 정도로 이해하면 되는 돌무쉬 운전기사에게 버스가 셀리미예 모스크에 가는지, 몇 시에 출발하는지를 적은 노트를 내밀었다. 기사가 친절하게 버스 출발 시각을 적어주었다. 나는 시간에 맞춰 익숙하게 돌무쉬에 올랐고, 하교 중인 중학생 아이와 대화를 나눴으며, 해가 서쪽으로 기울기 전 이미 벚꽃이 피어 아름다운 에디르네에 도착했다.

동양인이 많이 오지 않는 다는 것은 사람들이 나를 대하는 태도에서도 드러났다. 내리자마자 모스크를 배경으로 사진을 찍어주겠다고 나서는가 하면, 어딜가나 사람들의 시선이 나에게 꽂히는 것을 느낄 수 있었으니까.

삼십 분이면 국경 너머 그리스나 불가리아로
갈 수 있는 그곳에서, 국경을 넘으면 바로
카톨릭 '성당이 펼쳐질' 것을 상상하면서
나는 모스크를 바라보았다.

에디르네는 터키의 유럽지역에서 이스탄불 다음으로 큰 도시로, 백 년 가까이 오스만제국의 수도였다. 터키에 도착하기 전부터 꼭 가고 싶었던 곳이다. "하지만 경이로운 모스크들을 보기 위해 이곳을 찾는 일부 여행자들을 제외하고는 에디르네의 진정한 가치를 알아보는 이는 드물다"라는 책의 한 문장이 마음을 사로잡았기 때문이다.

제국의 수도를 지냈던 곳답게 아름다운 건축 양식을 간직한 모스크들이 우선 눈길을 사로잡는다. 그리고 거리의 활기찬 분위기. 막 봄이 시작되던 그날의 환한 햇살이 내 마음을 더욱 사로잡았는지도 모르겠다. 히잡을 두른 여성보다는 그렇지 않은 경우가 더 많았던 것으로도 분위기는 확연히 달랐다. 성수기가 시작되기 전이었지만 다른 지역과 비교해볼 때도 외국인 관광객은 찾아보기 어려울 정도였다. 그리고 그곳에서 나는 뜻밖에도 한국어를 잘하는 터키인을 만났다.

에디르네의 거리를 걷는 나의 등 뒤로 "한국인이세요?"라는 모국어가 들렸을 때 잠시 귀를 의심했다. 그는 같은 식당에서 식사를 했던 사람으로 테이블에 올려둔 한국어 가이드북을 보았다고 했다. 아주 두꺼운 근시용 안경을 쓰고 있었고, 170센티미터가 조금 넘을까 말까 왜소한 체구의 남자였다.

내가 한국어를 하는 터키인을 보고 신기해하듯, 그는 에디르네에 있는 한국인인 나를 신기해했다. 잠시 즐거운 대화를 마치고 서로의 이메일 주소를 주고받은 뒤 나는 오스만제국의 목조 건축이 남아있는 칼레이치 지구의 골목들을 걸었다. 오래된 목조건축물의 나무에 길이 잘 들어 반짝반짝 빛났다. 사람이 살지 않는 건물은 기울어가고 있었지만 흉가처럼 을씨년스럽지는 않았다. 대부분의 건물에 여전히 사람이 살고 있었고, 1층에는 드문드문 상점도 보였다. 자동차용품점이나 여행사 등이 오스만 가옥의 1층을 차지하고 있는 모습은 충분히 신선했다.

목조 건축이 주는 오래된 풍경들 사이에는 과일 노점이 많이 있었다. 이스탄불이나 여타 관광지에서는 생과일의 즙을 파는 주스 노점들이 있었다면 에디르네에서는 과일의 무게를 달아 그대로 팔았다. 금속제 천칭에 무게를 달아 파는 광경이 이색적이었다. 관광객이 아닌 현지인을 상대로 할 때는 즙이 아닌 과일이 맞겠다는 생각을 하면서 나는 터키의 위대한 건축가로 칭송받는 시난의 작품을 감상하기 위해 중심부로 걸어갔다.

'작품'은 곧 오스만제국부터 지금까지 남아있는 모스크였다. 이스탄불에서 보지 못했던 거대한 첨탑, 미나레트가 시선을 압도했다. 셀리미예 모스크, 유츠 셰레펠리 모스크 두 곳에 머무는 것만으로도 에디르네에서 보낸 시간이 꽉 차는 느낌이었다.

나는 날이 저물도록 모스크의 건축 양식을 감상하며 신에게 기도를 올리는 사람들의 모습을 바라보았다. 어둑어둑 해가 질 무렵, 그곳에서 숙박을 정하지 않고 다시 이스탄불로 돌아가려던 그때 낮에 한국어로 인사했던 그를 다시 만났다. 눈이 안 보이는 이를 지나치지 않고 모스크로 안내한 따뜻한 마음의 청년이었다. 우리는 다시 반갑게 인사를 나누고 각자의 길로 갔다. "안녕히 가세요!"라는 한국어가 이상하게 마음을 잡아당겼다.

저녁으로 따뜻한 스프와 빵을 먹은 뒤 차이를 주문했다. 어둑해질 무렵 셀리미예 모스크에 불이 들어왔다. 4개의 미나레트 주변에 조명이 켜지자 아직 푸른빛이 남아있는 하늘과 그 하늘을 떠받치고 있는 미나레트가 묘하게 조화를 이루었다. 그 위로 달이 환하게 떴다. 보름에 가까웠다.

삼십 분이면 국경 너머 그리스나 불가리아로 갈 수 있는 그곳에서, 국경을 넘으면 바로 카톨릭 성당이 펼쳐질 것을 상상하면서 모스크를 바라보았다. 정교한 대리석과 타일, 그 위에 펼쳐진 거대한 카펫, 저녁 기도시간을 알리던 아잔 소리……. 그곳에서 나는 지도에 표시했으나 가지 못한 여행지에 대해 상상했다.

흑해의 작은 항 아마스라, 조지아로 가는 길에 있을 트라브존, 괴레메로 향하던 야간 버스에서 웅장한 모스크와 하늘에서 뚝뚝 떨어지는 별에 압도되어 그만 내리고 싶어졌던 코니아……, 가지 못한 길을 상상하는 동안 찻잔이 비워지고, 아잔도 거의 끝나가고 있었다. 다시 나는 돌무쉬에 올라 터미널로 향했다. 그렇게 한밤중의 이스탄불로, 세 시간 동안 쉴 새 없이 떠드는 옆자리 동승객의 전화 통화를 들으며 사람들 사이로 스며들었다.

준비

여행길에 오를 때마다 하는 것이 하나 있다.

머리를 단정하게 하는 것이다.

어느새 돌이켜 보니 그렇다.

여행을 앞두면 나도 모르게 미용실엘 들러보는 것이다.

출발일 아침 일찍, 아직은 버스 시간이나 비행기 시간에 여유가 있을 때

간단하게 짐을 챙기고 미용실을 찾곤 하는 것이다.

머리를 다듬고 기분 좋게 샴푸까지 마치고 거리로 나섰을 때

머리칼이 부드럽게 볼에 닿는 그 느낌이 좋았다.

분명 여행지에서는 아무렇게나 헝클어질 것이고

시간이 없으면 대충 씻는 둥 마는 둥 하는 것이 다반사일 것을 알면서도

거울에 비치는 정갈한 모습이 스스로 만족스러운 것이다.

삼십 분의 만찬을 위해

세 시간 동안 음식을 준비하던

어느 날의 기억,

당신과 함께하기 위한 모든 과정이

행복이었던 것처럼.

여행길에 오를때마다
하는것이 하나 있다.
머리를 단정하게
하는 것이다.

차이

차이. 소설에 배경이 있듯, 내가 터키를 떠올릴 때 가장 먼저 생각나는 배경은 바로 '차이'다. 장소가 어디든 터키 사람들은 과연 듣던 대로 종일 차를 마셨다. 차와 함께 떠오르는 것은 테라스와 담배이다. 치아가 거뭇해지도록 남자들은 종일 차에 각설탕을 두세 개씩 넣어 마시면서 담배를 피웠다. 그 풍경 사이사이에는 사람만큼 많은 고양이와 개들이 있다.

○

이동

　마르마라 해를 사이에 두고 우리는
배에 올랐지. 처음 만난 너는 키가 무
척 커서 내가 올려다봐야 할 정도였
어. 환하게 웃으며 다가온 너는 내 짐
을 나눠서 들고 성큼성큼 배에 올랐
어. 에미뇌뉘 선착장 중에서도 한적
한, 말하자면 현지인들이 이용하는 곳
이었을 거야. 배는 우리를 건너편에
내려주었지.

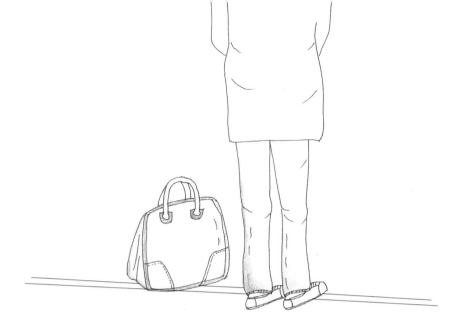

너의 집에
머무는 동안

　이스탄불의 구시가지 술탄아흐메트에서 한 주를 보내고 건너편으로 넘어갈 준비를 했다. 여행자들의 거리로 불리는 탁심지구로 숙소를 옮기기 위해 에미뇌뉘 선착장에서 배에 올랐다. 홈스테이 집주인과 함께였다. 키가 190은 훌쩍 넘어 보이는 벨기에 남성이 마중나와 내 짐을 들고 앞장섰다. 페리는 마르마라 해를 건너 우리를 건너편의 선착장에 부려놓았다.

　낯선 곳, 낯선 사람의 집으로 향하는 발걸음은 탁심의 높고 가파른 지대만큼이나 낯선 모험처럼 느껴졌다. 나는 그의 집으로 가는 중이었다. 가파른 언덕을 세 개쯤 넘었고 주변에 보이던 상점들이 하나둘 사라져 갔다. 주택가로 접어들자 인적이 더욱 뜸해졌다. 지하 유리가 깨진 건물, 오래돼 사람이 살지 않는 건물들을 지나 그가 사는 오래된 다세대 주택의 지하 철문으로 들어섰다.

　배에 올랐을 때 그는 자신의 집에는 방이 둘이고 그중 하나를 내가 쓸 거라고 했다. 여러 게스트들이 머무는 공간일 거라고 짐작했던 예상이 깨지고 말았다. 그는 오직 한 사람만 머물 수 있는 자신의 집을 공유하는 것이었다. 나는 그와 벽을 맞대고, 그의 집을 며칠 동안 나눠 쓰는 공간으로 들어간 것이었다. 조금 더 자세히 알아보지 않았던 허술함을 탓하기엔 이미 늦었다.

그러나 그의 집으로 들어선 순간 집의 아늑함에 우선 마음이 놓였다. 입구는 지하였지만 반대편으로 난 테라스는 전망 좋은 고지대였고, 그가 오랜 기간 수집한 것으로 보이는 엔틱 소품들이 조화롭게 장식되어있었다. 어색함도 지울 겸 우리는 밤문화로 유명한 탁심지구의 이스티크랄 거리에서 함께 식사를 하며 조금씩 거리를 좁혀갔다. 식당 안은 전통주 라키를 놓고 몇 시간 째 수다를 떠는 터키인들로 북적거렸다. 우리도 그들처럼 라키를 주문했다.

도수가 50도쯤 되는 독주인데, 주로 물을 섞어 희석해서 마신다. 1:1 비율로 섞으면 색이 우윳빛으로 변한다. 나는 처음 맛보는 라키의 독특한 향에 취했고, 대화를 나눌수록 경계심도 조금씩 누그러졌다. 다행히 그는 사려 깊었고 유쾌했다. 어쩌면 이 홈스테이가 무척이나 성공적일 거라는 확신이 들기 시작했다.

그 느낌대로 그는 석류즙과 함께 맛있는 아침 식사를 만들어 주었고, 직접 가이드가 된 듯 탁심의 여러 곳으로 나를 안내했다.

집으로 가던 길에 가졌던 긴장까지도 모두 털어내고 나는 지하 동굴에 들어간 사람처럼 아주 깊은 잠으로 빨려들었다. 그리고 새벽녘, 어김없이 아잔 소리에 잠이 깼다.

불안

가끔 불안에 대해 생각한다. 이
토록 불안과 의심이 많은 내가 어
떻게 낯선 곳들로 떠날 마음을 그
렇게 쉽게 먹을 수 있는지, 생면
부지 낯선 이의 집에 머물 생각을
할 수 있는지. 어쩌면 살아가면서
끊임없이, 그 불안을 떨쳐버리기
위한 연습을 하는 건 아닐까? 가
끔 그런 생각을 할 때가 있다.

◉

마르마라

낚시하는 사람들, 해변가를 어슬렁거리는 고양이들,
멀리 건너편으로 보이는 아시아, 위스퀴다르.
에게 해와 흑해가 모여드는 이곳.
잔잔하고 평화로운 풍경 앞에서 할 말을 잃는다.
생각을 바다에 풀어놓자
어깨에 들어간 힘이 살풋 빠진다.
마르마라, 마르마라……, 주문을 건 것처럼
몸이 바다에 뜬 것처럼.

○

말하자면
터키식으로

이스탄불의 시간이 흐르고 있었다. 골목골목을 누비며 들어갔던 찻집. 남자들뿐인 그곳에서 차이를 주문했을 때 옆 자리에 앉은 누군가가 흔쾌히 내게 차를 한 잔 사겠다고 했다. 그의 이름은 볼칸. 볼케이노, 이름의 뜻이 화산이라고 했다. 나는 그의 이야기를 들으며 그가 사주는 차를 달게 마셨다. 비 내리고 바람 불던 그날의 추위도 차에 넣은 두 개의 각설탕처럼 스르르 녹아내렸다.

어느 날은 트램의 종착지에서 종착지까지 다녀오면서 서로 다른 풍경이 만들어내는 이스탄불을 보았고, 배와 버스가 모이고 연결되는 에미뇌니에서 아무 버스에나 올라 내리고 싶은 곳에 내려 걷기도 했다.

맑았던 날씨가 점점 흐려지더니 흐리고 비가 오는 날이 이어졌다. 기온도 뚝 떨어졌다. 아직 물러나지 않은 겨울의 스산함이 옷 속으로 파고들었다. 나는 떠날 때가 됐다고 생각했다. 따뜻한 남쪽으로 내려가기로 했다. 에게 해와 지중해로 이어지는 경로를 따라가기로 했는데, 운 좋게도 아주 저렴한 가격으로 항공권을 예매했다. 다음 행선지는 이즈 미르였다.

그리고 이스탄불에서의 마지막 밤, 짐을 정리하며 우리는 소박한 만 찬을 함께 했다. 식당에서 포장해온 케밥, 내가 끓여낸 한국 라면, 그가 만든 벨기에 스프가 식탁에 올랐다. 음식의 조합도 벨기에와 한국의 거 리만큼이나 어색하고 낯설었지만 우리가 모인 곳은 터키의 심장 이스 탄불이 아니던가.

기르트 디보스 — 이스탄불을 가장 잘 둘러볼 수 있는 고급 호텔의 스카이라운지로 불쑥 올라가 공짜전경을 보여주는 이 괴짜 사내는 고 고학 발굴을 위해 터키에 왔다가 그냥 눌러앉아 버렸단다. 그로부터 15 년이 흐른 지금 그는 자신의 취향을 고스란히 담은 집을 마련해 이렇게

세계의 친구들을 초대하고 있다.

우리는 세 나라의 음식들을 놓고, 말하자면 터키식으로 만찬을 함께
했다. 첫날 느꼈던 불안은 어디론가 사라지고 따뜻한 기억으로 가득 채
워준 그의 공간을 이제는 기억한다. 집안 곳곳을 장식한 엔틱한 소품
들, 아일랜드식 주방, 이마만 겨우 보였던 욕실의 높은 거울, 이즈미르
로 향하는 비행기 티켓을 예약하고 늦게 잠자리에 든 그 밤, 나의 고단
한 다리를 따뜻하게 녹여주던 온돌방…….

지도 위에
온기가

아잔 소리가 울리기도 전, 새벽같이 택시에 올라 아타튀르크공항으로 향했다. 내가 아는 터키어 단어를 조합해 "밖이 무척 춥네요"라고 말을 했는데, 기사는 차 안이 춥다고 이해했는지 정수리에서 땀이 흐를 정도로 히터를 틀어주었다. 그리고 공항으로 가는 내내 불안하지 않도록 창밖으로 보이는 지명을 하나하나 읊어주었다. 그런 그에게 히터를 꺼달라고 말할 수가 없었다. 조금 더워도 괜찮다고 생각했다. 때로 그럴 때가 있지 않은가. 이미 알고 있으면서 몰랐던 척 속아줄 때, 이야기의 내용이 틀렸다는 것을 알면서도 끝까지 들으며 행복을 느낄 때가 있지 않은가.

공항에 도착해 비행기를 기다리는 동안 지도를 펼쳤다. 큰 지도 안에서 나는 분명히 이스탄불의 어디쯤인가에 있었는데 운전기사가 짚어주던 그 이름들을 떠올려 짚어보니 공항으로 연결되었다. 지도에는 여전히 온기가 가득했다.

welcome to
ATATÜRK
AIRPORT

혼자 하는
여행의 즐거움

이즈미르에서 며칠을 머물면서 로마 시대의 유적인 아고라와 몇몇 박물관을 둘러보고 느긋하게 에게 해의 바람을 맞았다. 그곳을 떠나기 위해 바스마네 역에서 기차를 타면서부터 느슨했던 여행에 조금 속도가 붙었다. 셀축 지역의 에페수스와 파무작 해변을 둘러보고, 하얀 석회 계단으로 유명한 파묵칼레를 거쳤다. 그리고 지중해를 보기 위해 안탈리아에 며칠 머물다가 스타워즈에 영감을 준 지역으로 유명한 괴레메의 카파도키아로 이어졌다. 어느새 나는 가방에 지도와 가이드북을 들고 바쁘게 돌아다니는 배낭여행자가 되어있었다.

한 곳에 며칠씩만 머물렀기 때문에 도착하면 바로 다음 여정을 준비하는 일이 교차되었다. 다행히 터키 전역에서 인터넷을 수월하게 사용할 수 있어 호텔이나 차편 예약에 애를 먹은 기억은 없다. 잘 모르겠다 싶으면 현지에 가서 가격을 흥정해 숙소를 정하기도 했다.

여행지에서 나는 대부분 혼자였다. 기차를 타거나 야간 버스를 이용해 지역을 옮겨 다니면서 나는 혼자 하는 여행에 대해 생각했다. 여행은 고독과 가까운 곳에 있다고 생각한다. 모든 일상에서 우리는 고독하지만, 여행을 통해 작정하고 고독해지기로 하는 것이다. 그 고독이 좋았다. 입에서 단내가 나도록 종일 아무 말하지 않아도 나 스스로 어색하지 않은 것. 그것은 혼자 하는 여행이 주는 또 하나의 즐거움이다. 밥을 먹거나 차를 타거나 짐을 들 때도 철저히 혼자라는 것. 맛있는 음식이나 술을 파는 레스토랑 앞에서 감히 혼자 들어갈 용기가 나지 않을 때만 아니라면 말이다.

그러나 혼자 하는 여행의 또 다른 묘미는 새로운 '사람'들로 인해 채워진다는 데 있다. 우연히 누군가를 알게 돼 이야기하며 함께 걷고, 때로 함께 음식을 먹은 일화들을 모두 연결하면 여행의 경로가 완성되는 것이다. 이스탄불에서 택시 기사가 불러준 지명을 연결하자 공항이 나타났던 것처럼 말이다. 결국 홀로 떠났던 이야기는 길에서 마주쳤던 모든 당신들로 인해 완성된다. 돌아와 마음을 설레게 하는 얼굴들, 다시 가서 만나야 할 당신들, 꼭 만나고 싶은 이름들… 당신, 당신들과 함께 흐드러졌던 그 시간들.

○

오래된
의자

언젠가 오지 않는 당신의 연락을 기다리면서 하루를 보내던 날, 1초씩 시간이 흐르는 것을 예민하게 감지하던 날, 울리지 않을 전화기를 바라보다가 청소를 한 적이 있었다. 온 집안을 들추며 싱크대와 냉장고까지 말끔하게 정리를 한 적이 있었다. 묵은 음식들을 버리고 그동안 보지 못하고 지나쳤던 먼지들을 구석구석 닦아내면서 당신과 나 사이에도 이렇게 지나치곤 했던 묵은 때들이 많았을 거라고 생각했다.

그렇게 묵은 것이 하나도 없던 날 나는 여행 짐을 꾸렸다. 나는 오랫동안 방치된 냉장고 같았다. 떠나야겠다는 생각이 불현 듯 들었다. 주섬주섬 비행기 티켓을 예약하고 어디 제주도쯤엘 가듯 짐을 꾸렸다. 비우는 여행이 될 거라고 예감했다.

온통 오래된 것들의 향연인 나라에서 나는 오래된 것에 대해 생각했다. 기원전 3천 년부터 이어진 역사의 흔적들이 곳곳에 남아있는 그곳은 모두가 현재 진행형이었다. 사람들에게 오래된 것은 그저 이어지는 것이었다. 오스만제국의 집과 새로 지은 집이 나란히 붙어있어도 전혀 이상할 것이 없었다.

이미 여러 번 고쳐 쓰고 또 다시 못을 박아 보수를 한 흔적이 역력한 의자. 내가 잠시 머물렀던 한 카페의 의자는 모두 50년은 족히 되어 보였다. 세월을 간직한 의자는 사람이 앉기 좋게 부드러운 곡선을 이뤄내면서 우리가 인테리어로 선망하는 앤틱풍의 소품이 되어있었다.

"오래된 것을 버리지 마시오."

사물들이 말을 거는 것 같았다. 비우는 여행이 될 거라던 작은 예감은 조금씩 다른 방향으로 선회했다. 비우는 것은 결국 채우는 것이었을까? 텅 빈 것 같았던 마음이 무언가로 가득 차는 것 같았다. 내가 했던 것은 그저 그 낡은, 오래된 의자에 머문 것뿐이었다.

○

레몬나무
아래서

　바스마네 역에서 셀축으로 가는 기차에 올랐다. 셀축 역에서 내린 나
는 아직은 관광객들로 북적대지 않는 이 자그마한 동네가 궁금해졌다.
오렌지와 레몬을 가로수로 심어 탐스럽게 맺힌 그 풍경에 그만 매료되
고 말았다. 성지순례 코스에도 있는 에페수스에 가기 위해 사람들이 베
이스캠프로 삼는다는 작고 아담한 동네.

　골목길을 걷고 있는 내게 그녀는 이리 오라며 손짓했다. 히잡을 두르
고 나를 부르는 그 손짓이 너무 작고 수줍어 나를 부르는 건지 그냥 손
인사를 하는 건지도 알 수 없었다. 얼굴과 손에 자리 잡은 주름은 어릴
적 맛있는 음식을 종지에 내주던 내 할머니의 그것과 같았다. 이미 세
상을 떠난 그녀가 생각나 나는 이끌리듯 그 집 대문을 열었다.

열매가 주렁주렁 달린 레몬나무 아래서 였다. 내가 들어서자 그녀는 자리를 마련해주었다. 그리고 내게 차를 한 잔 내왔다. 둘러앉은 동네의 아낙들이 신기한 듯 바라보았다. 말이 통하지 않아 그저 웃었고, 터키어 사전을 꺼내 단어로 말을 걸어보기도 하였다.

레몬이 신기하다고 가리키자 레몬 하나를 따도록 허락해주었다. 레몬을 좋아하는 나는 평소처럼 그것을 한입 베어 물었다. 시고 달았다. 신맛 때문이었을까 눈물이 핑 돌았다. 아무 말 없이 나는 그녀 옆에서 한참 동안 차를 마셨다. 잘

마셨다고, 그녀의 양 볼에 입을 맞추었다. 그
게 전부였다. 우리 할머니가 생각났다고 말
하는 것은 너무 작위적이라고 생각했을지도
모른다. 그냥 나는 그녀의 볼에서 나던 그 달
고 시큼한 냄새 때문이었다고 생각했다.

○

가능한
것들

혼자라는 것이 매우 간편한 속성을 지녔다는 것을 길 위에 선 자는 안다. 아무 말 하지 않는 것이 불편하지 않다는 것을 깨닫는 것은 한참이 지난 뒤의 일일 수도 있다. 여행지에서 가장 예민하게 움직이는 것은 아마 눈일 것이다.

귀로 받아들이는 정보는 이곳이 언어가 다른 장소라는 것을 환기시켜줄 뿐, 시각으로 대부분의 것을 훑어낸다. 그렇게 새로운 장소를 받아들이다 보면 어느새 시간이 훌쩍 흘러가 버렸다는 것을 깨닫게 되곤 하는 것이다. 음성이 발화할 때는 누군가의 도움이 필요할 때일 것이다. 길을 찾기 위해 눈으로 보지 못하는 저 너머까지 가려면 나는 말을 해야 한다. 그리고 배가 고플 때 역시 그렇다.

혼자라서 가능한 것이 있다. 밥을 혼자 먹는 것이다. 당연하게도 말이다. 혼자 먹는 것에 익숙하지 않은 사람일지라도 하는 수 없다. 혼자 하는 여행에서는 오롯이 자기 스스로 그 모든 것을 해결해야 한다. 주문을 못해 쩔쩔매는 것도, 현지 음식이 입에 맞지 않아 고생하는 것도, 반대로 훌륭한 음식을 음미하며 즐기는 것도 모두 혼자의 몫.

또 한 가지 가능한 것이 있다. 새로운 사람을 만나고 식탁을 마주하는 것은 혼자일 때 조금 더 쉽게 찾아온다. 최대한 고독한 사람에서 최대한 너그럽고 사교적인 사람으로 그 경계를 오가는 것은 어찌 보면 아슬아슬하기까지 하다.

그녀는 타이완에 사는 일본인이었다. 삿포로가 고향인 그녀는 영어가 꽤 유창했다. 게다가 김치찌개를 무척이나 좋아했다. 신비하게 솟은 암석만으로도 훌륭한 명소가 되는 카파도키아에서 잠시 마주쳤던 그녀를 이스탄불의 오르타쾨이에서 다시 만날 줄이야. 우리는 오르타쾨이에서 유명한 먹거리 중 하나인 감자요리 '쿰피르'를 손에 들고 있었다.

서로의 눈이 마주쳤을 때 햇살이 강하게 비추고 있었고, 바다가 맑게 반짝였다. 갈매기와 비둘기들이 행인들이 떨어뜨린 음식을 먹기 위해 주변을 서성이는 순간이었다. 여행지에서 마주하는 우연은 마음을 활짝 열게 만든다. 바다를 배경으로 우리는 쿰피르를 함께 먹고 이스탄불의 구석구석을 돌아다녔다.

버스와 배를 갈아타며 골든혼의 끝까지 갔다가 다시 술탄아흐메트 지구로 돌아왔다. 그녀가 좋아하는 김치찌개를 먹기 위해 소문난 한식당을 찾아 다시 구석구석을 누빈 지 거의 한 시간 째. 우리는 이스탄불에서 아주 제대로 된 한식당을 만날 수 있었다.

이스탄불 한복판에서 한국 음식으로 처음 끼니를 해결하면서 나는
가게 주인에게 말했다.

"공깃밥 추가요!"

그 말이 그리움이 될 수도 있구나. 그걸 그때 알았다. 이렇게 낯선 이
와 함께 밥을 먹을 수 있다는 것, 혼자라서 가능한 일이라는 것. 이스탄
불의 공기가 갑자기 이국적으로 느껴졌다.

창문 너머
이야기

　어느 순간 조금 이상하다는 생각이 들었다. 사람을 상대하는 곳에는 모두 남자가 있다는 것을 깨달은 것이다. 현지인들이 이용하는 길거리의 찻집에서도 여자 손님은 단 한 명도 찾을 수 없었다. 까끌하게 느껴질 정도로 입 주변에 턱수염을 기른 터키 남자들의 모습이 처음에는 생소하게 느껴졌지만 그것도 잠시, 그들은 터키인 특유의 호방함으로 그 간극을 메워주었다.

　대부분 도움을 구하면 친절하게 답해주었고 늘 얼굴에서 미소가 떠나지 않는 상냥한 사람들이었기 때문이다. 그래서 여자의 부재가 크게 드러나지 않았던 건지도 모른다. 새삼스러울 것도 없이 그것을 느낀 후 다시 둘러보니 가게의 카운터에도, 식당 주방에도, 카펫을 파는 상점에도 '그들'밖에 보이지 않았다.

　여자들이 아예 없는 것은 아니었다. 전통 주방을 본떠 만든 뵈렉의 반죽을 미는 역할이나 카펫 짜기 등 여성의 일을 보여주어야 하는 곳에서는 가끔 마주할 수 있었다. 거리에서 스치는 저 많은 여자들은 과연 무슨 일을 할까? 나는 문득 터키 여인들의 생활이 궁금해졌다. 대부분의 서비스 직종도 남자들의 몫이니, 세상을 접하는 일이 길을 이동하거나 모스크에 가는 것 말고 또 어떤 것이 있을까. 그런 것 말이다.

몇 년 전 베를린에서 터키인 부부와 함께 식사를 하면서 히잡을 두른 여자를 처음으로 가까이서 보았다. 눈이 깊고 쌍꺼풀이 짙은 미인이었는데 머리를 모두 가렸으나 아이러니하게도 각종 액세서리로 치장을 한 모습이 무척 화려하다고 생각되었다. 그것 말고는 내가 실제로 만나 이야기를 나눈 사람은 비행기에서 만난 아주머니가 전부인 것이다. 아침에 눈을 뜨면 가장 먼저 하는 것이 무엇인지, 외출은 어느 때에 하는지, 히잡은 언제 벗어 두는지…….

궁금증을 품은 이후로 나는 좀처럼 볼 수 없는 터키 여인들의 호기심 어린 눈빛을 종종 마주하게 되었다. 그것은 어떤 관찰에 의했다기보다는 풍경이 익숙해진 이후 시야가 넓어지면서부터였을 것이다. '여인들'은 종종 커튼 뒤 혹은 창에 상체를 내놓고 밖을 바라보았다.

집 안에서도 머리에 히잡은 벗지 않는가 보았다. 형형색색의 스카프를 머리에 두른 그녀들에게 열어둔 창은 세상을 바라보는 말 그대로의 문인 것 같았다. 내가 그녀들을 보듯 그녀들도 창 아래를 내려다보며 나를 관찰한다는 것을 알 수 있었다. 그 모습을 카메라에 담고 싶었지만 언제나 그들의 행동이 더 빨라서 눈이 마주치거나 카메라를 드는 순간 이미 그녀들은 사라지고 없었다.

옥탑방의
그녀들

그녀들이 히잡을 두른 채 창밖으로 고개를 빼꼼히 내밀고
거리의 사람들을 구경할 때,
나도 그녀들을 몰래 훔쳐보곤 했다.

그때 내가 살던 옥탑방에서
창밖을 내려다보는 것이 작은 즐거움이었을 때
버스가 오갈 때마다 타고 내리는 사람들,
이웃집 여인의 장바구니며
눈 오는 날 치킨을 싣고 배달 가던 오토바이 같은 것을 보며
무위의 즐거움을 느꼈던 것처럼.

훔쳐보던 나와 눈이 마주치면
조용히 안으로 들어가던 여인들.
그때는 창문 닫는 소리마저 고요했다.
커튼 사이로 얼굴을 내밀었던 그 마음은
나와 같지 않느냐고.

우리의 시간은 그렇게 맞닿아있었던 게 아니냐고

함께 해바라기 씨를 까며

수다를 떨어보지 않겠느냐고.

그런 말을 하고 싶었다.

대지를 닮아 활달하다고 느꼈던 나라

호탕한 남자들의 세계에서 나는

그들을 품는 조용한 방점 하나를 본다.

모국어
중독자

조금씩 터키어가 늘기 시작했다. 물론 유창하게라는 뜻은 아니다. 머무는 시간이 길어지면서 나름대로 작문을 하기 시작한 것이다. '이 버스의 종착점은 어디?', '마지막 버스는 언제예요?' 아마 성근 문장이었을 것이다. 돌아와 메모했던 노트를 꺼내보니 급하게 휘갈긴 글씨에 당시의 다급함이 느껴진다. 지금 생각해봐도 그 문장이 현지에서 통했다는 것이 신기할 따름이다.

그런데 귀국일을 한 주 정도 남겨두고 나에게 이상한 금단현상이 찾아왔다. 모국어에 대한 이상한 갈증이 생긴 것이다. 무거운 짐을 많이 챙길 수가 없어 여행안내서 말고 다른 책은 아무것도 챙기지 못했다. 한 달이라는 시간 동안 우리글로 된 책 한 권 없이 어떻게 지낼지 생각하지 못했다.

돌이켜 보니 늘 여행기간에 따라 적당히 책을 챙겨갔던 것이다. 오히려 가이드북은 아주 가벼운 것으로 가져가는 경우가 많았는데 이번엔 반대로 묵직한 가이드북 한 권이 전부. 책에는 터키의 역사가 꽤 자세하게 나와있어 그것을 읽으며 시간을 보냈지만 어느 순간 머릿속에 온통 '터키' 말고는 아무런 정보도 들어오지 않았다는 것을 알게 되었다. 이것을 금단이라고 부를 수 있다면 나는 분명 나의 모국어에 단단히 중독된 것이리라.

이런 기분이 비 내리던 이스탄불에서의 어느 날 나를 극도로 피곤하게 만들었다. 종일 호텔 방의 난방을 최대한 올려두고 바깥출입도 하지 않다가 무심결에 우산을 들고 궐하네 공원을 찾았다. 공원은 톱프카프 궁전을 둘러싼 꽤 넓은 녹지대이다. 그곳의 전망 좋은 찻집은 보스포루스 해협을 아낌없이 볼 수 있지만, 찻값이 자릿세가 포함되었다고 생각되어질 만큼 비싼 편이다.

나는 언덕에 올라 바다를 바라보는 것을 즐겼는데 비가 오는 날이라 그마저도 어려웠다. 질척한 마음으로 공원 안을 하릴없이 걷다가 뜻밖의 장소에서 한국어 책을 읽는 행운을 누리게 되었다.

그곳은 블루모스크 쪽으로 난 공원 출구 바로 왼편에 있는 아담한 건물로 터키의 가장 중요한 현대 소설가로 꼽히는 아흐메트 함디 탄피나르를 기리는 문학 박물관이자 도서관(정식 명칭은 Ahmet Hamdi Tanpiar Edebiyat Muze Kutuphansei)이다. 비를 피하고 싶기도 하고 쉴 곳도 찾을 겸 들어선 곳은 다행히도 입장료가 무료였다.

19세기에 지어진 아담한 2층 건물로 아흐메트 함디뿐 아니라 터키 주요 작가들의 작품이 전시되어있고 도서관 안에는 이스탄불의 문화를 한눈에 조망할 수 있는 사진집과 다양한 자료들이 있었다. 그중 내 눈에 들어온 것은 단연 우리말로 번역된 터키 작가 아지즈 네신의 《이렇게 왔다 이렇게 갈 수는 없다》라는 소설이었다.

반가움에 먼저 집어든 그 책 주변에는 각국의 언어로 번역된 터키의 문학작품들이 전시되어 있었다. 나는 단숨에 그 글들을 흡수하듯이 읽어 내려갔다. 두 시간여 만에 한 권의 책을 일단락하고 나니 마음까지 든든해진 기분이었고, 정체 모를 무기력함도 조금씩 걷히고 있었다. 그러고 나서도 나는 한참을 그곳에 머물렀다. 일차대전에서 참패하고 폐허와 같았던 이스탄불의 모습을 담은 사진집을 보느라 시간 가는 줄도 몰랐다.

내 옆으로는 공부를 하기 위해 노트북을 펼쳐놓은 대학생들이 군데군데 있었다. 이런 고풍스러운 건물, 계단의 난간에도 세월의 윤기가 스며들어 반짝거리는 곳이 이스탄불의 평범한 도서관이라니.

중동은 현대사에서 테러와 분쟁지역이라는 이미지로 점철되어 왔지만, 그것은 역사의 흐름 속에 있는 일면일 뿐 주요 종교와 문명의 발상지로서의 풍요로움이 주는 여유, 사람들의 표정에 새겨진 자부심 같은 것들은 한순간에 생겨난 것이 아니었다.

돌아와서도 나는 이 감정이 더욱 단단하고 견고해지는 것을 느꼈는데 가령 오르한 파묵의 《이스탄불》에서 그가 이스탄불에서 느낀 회색빛 이미지에 대해서 말할 때면 나도 모르게 깊이 공감을 하곤 했다. 모국어에 단단히 중독된 나는 다시 모국어를 통해 터키를 알아가고 있는 중이다.

비약하는
순간

　사랑에 빠지는 것만큼 비약적인 순간이 있을까. 당신이 나를 기억하
는 순간과 나의 그것은 일치하지 않을지도 모른다. 그러나 어느 누가 먼
저 자신의 눈으로 상대를 쫓았든, 그것은 별로 중요하지 않다. 인파로
붐비는 명동 한복판에서 나도 모르게 당신을 알아보고 있는 자신을 발
견할 때, 길에 놓인 좌판에서도 당신에게 어울릴 만한 것들에 자꾸 눈길
이 갈 때, 하릴 없이 전화기를 만지작거리다가 주고받은 문자들을 확인
하면서 미소를 지을 때……, 당신은 이미 사랑에 빠진 것이다.

이런 비약은 어떤 문학에도 없다. 문학은 사랑을 성립시키기 위해 그와 그녀의 전 생애를 통해 그들이 사랑에 빠질 수밖에 없었음을 증명하는 과정, 그것에 다름 아니다. 그러나 사랑이 그렇게 일대기적 순간에 찾아온다는 것이 어쩌면 문학에만 존재하는 작위적인 설정이 아닐까.

사랑은 그냥 어떤 순간인 것이다. 나는 그런 비약을 믿고 싶다. 나는 당신이 커피잔에 떨어트릴 각설탕을 손으로 집은 그 순간 당신을 사랑하게 될지도 모른다. 그 순간만큼은 씁쓸하고 달콤한 설탕커피 한 잔처럼, 당신의 향기를 마시고 싶어질지도 모르겠다.

여행하는 사람은 언제고 이런 비약에 빠질 준비가 되어있다. 모든 것이 온통 새로워서 말을 걸고 싶고, 그의 지나온 날들이 궁금해지고, 다음 날이 되면 그의 안위를 생각하고, 그리워서 미치겠는 순간의 기록들처럼, 나는 가끔씩 내 안에 잠재된 이런 비약을 마주할 때가 있다. 때론 스스로에게 들킨 것만 같은 그런 감정에 마음 붉혀하면서도, 그래서 자꾸만 머뭇거리면서도, 그렇게 나는 당신을 향해 비약하는 것이다.

촉
규젤!

촉 규젤! 나와 나이가 비슷해 보이는 여인이 촉 규젤을 연발하면서
내 볼을 어루만졌다. 이즈미르로 향하는 기내에서 옆 자리에 앉은 그녀
는 나를 아주 어리게 보았나 보다. 촉 규젤은 물건이나 사람을 예쁘다
고 말할 때, 음식이 맛있다고 표현할 때 등 여러 가지 뜻으로 자주 쓰이
는 터키 말이다. 그러니 내게 '너 참으로 귀엽구나' 하고 이야기한 것이
리라. 외국에 나갈 때마다 동양인을 굉장히 어리게 보는 것을 여러 번
경험했기에 나는 그녀의 오해를 풀어줄 필요를 느끼지 못했다. 그저 웃
어주기만 하면 되었다.

한 시간여의 비행시간 동안 그녀는 드문드문 터키어로 이야기를 해
주었다. 신기하게도 그녀의 말이 반쯤은 이해가 되었다.

○

히잡

히잡은 남자들이 쓰는 챙이 없는 모자나 터번과 마찬가지로 무슬림 여성에게 꼭 따라붙는 이미지가 되었다. 그러나 이슬람교를 믿는다고 하여 그것이 꼭 필수인 것 같지는 않다. 이를 쓰는 이유는 여성의 머리카락이 남성의 성욕을 자극할 수 있기 때문이어서 그렇다는데, 코란에서 남성을 유혹하는 어떤 것도 보이지 말라는, 그렇기 때문에 '머릿수건을 쓰라'는 구절이 있어 히잡에 대한 해석도 다양해진다. 지역에 따라 외출할 때 몸 전체를 가리거나, 얼굴이 망사로 뒤덮인 옷을 입어야 하는 경우까지 있다.

터키는 1923년 터키공화국을 세운 아타튀르크의 세속주의 정책에 따라 종교와 정치를 분리하고 문자를 아랍 문자에서 라틴 문자로 바꾸면서 현대화에 박차를 가했는데, 이때 아타튀르크는 여성들의 히잡 착용을 금지하는 법안을 마련했다. 그것이 최근까지 이어지다가 2011년 이후 점차 여성의 히잡 착용이 자유화되었다. 히잡 착용의 '자유화'라는 말을 들으면 기분이 묘해진다. 무슬림 외의 시각으로 보면 히잡은 분명 여성들을 억압하는 도구가 될 소지가 분명히 있는데, 그것을 금지했다가 다시 '자유'에 부친다는 것이 아이러니하다.

그래서 찬반에 대한 의견도 분분하다. 말 그대로 '자유화' 된다면 쓰기 싫은 여성들도 어쩔 수 없이 종교적인 이유로 착용을 강요당할 수도 있다는 것이 '히잡 착용 금지법 전면 해지 반대운동' 쪽의 의견이다.

머지않은 예로 이란에서는 이슬람 혁명이 일어나 종교 지도자가 최고 권력에 오르게 되었던 1979년을 기점으로 어린아이를 비롯한 모든 여성들이 히잡을 쓰게 되었다. 히잡은 종교적인 이유라기보다는 정치적인 이유에서 비롯되는 경우가 많았던 것 같다. 터키에서도 히잡 착용을 자율에 맡기는 것이 논란이 되는 이유는 이것이 이슬람주의와 세속주의 간의 갈등을 상징적으로 보여주는 단면이기 때문이다. 현재 터키의 집권당이 이슬람 성향의 보수정당인 것과도 무관하지 않다.

나는 짐짓 아무렇지도 않게 터번을 쓴 터키의 남성들이 모인 동네의 찻집에 들어가보곤 했다. 현지에서 물어보니 출입금지가 아니라 통상적으로 그런 분위기라고 한다. 그러다 옆 테이블의 남성에게 차이를 한 잔 얻어 마시기도 했다. 터키에서 차를 대접하는 것은 누구에게나 호의로 베푸는 오랜 전통 같은 것이다.

여행자에게 베푼 호의일지도 모르겠지만 어떤 문화이든, 그것이 생소할수록 그 안에서 부딪쳐보아야 비로소 보이는 것들이 있다. 나는 터키의 찻집에서 그런 것들이 보고 싶었던 것 같다. 이슬람이 생활인 그들의 일상을 조금 더 가까이서 보는 일 같은 것 말이다.

○

몇 번의
석양과 골목들

해가 지는 풍경으로 마무리하는 것을 좋아한다. 그것은 글일 수도 있고 누군가와의 만남일 수도 있으며 내가 만들어낸 상상의 공간이 될 수도 있다. 해가 뜨는 풍경은 사람의 마음을 생동하게 만드는 알 수 없는 힘이 느껴진다. 반면 해가 지는 풍경은 어둠으로 서서히 전환하는 순간에 이르러 마음이 아련하게 벅차오른다. 그렇게 완전한 어둠이 주는 고요와 차분함 속으로 걸어 들어갈 준비가 되는 것이다.

에게 해에서 나는 터키에서 보낸 시간들 중 가장 화려한 저녁 만찬을 즐기면서 석양을 바라보았다. 검푸르고 깊은, 그리고 잔잔한 해수면으로 태양이 서서히 밀려들어가는 그 풍경은 아마 잊기 힘들 것이다.

그리고 터키를 시계 반대 방향으로 돌아 다시 이스탄불에 들어갔을 때, 석양을 탐하는 것이 여행의 목적이었던 듯, 해 지는 곳을 찾아다녔다. 해가 뜨면 눈을 떠 바깥으로 나가는 것이 처음의 일이었다면 해가 지도록 바깥에 머무는 것은 나중의 일이었다. 이스탄불의 아시아 지역은 석양을 보기에 더할 나위 없이 좋다.

배를 타고 카디쾨이 선착장에 내려 아무 버스에 올라 종점 여행을 하던 날, 2층 버스에 올라 사람들이 타고 내리고 전화 통화를 하고 스마트

폰으로 게임을 하는 일상을 조용히 관찰하며 창밖으로 흐르는 세계를 보았다.

카디쾨이는 우리의 신도시 같은 느낌이 드는 곳으로, 남녀를 구분하는 미용실은 어느 동네에나 있었지만 전통 무슬림 마을의 느낌이 아닌 서구식으로 지어진 화려하고 큰 맨션부터 전원주택이라고 불릴 수 있는 호화로운 집들이 마을과 마을 사이에 자리 잡고 있었다. 그곳에서는 히잡을 쓰지 않은 여성들을 자주 볼 수 있었고 몸에 밀착되는 운동복을 입고 해변을 따라 운동하는 여자들도 자주 눈에 띄었다.

나는 방향을 가늠할 수 있는 한 지점에서 내려 해가 떨어지는 쪽을 향해 걸었다. 그 방향을 향해 걸으면 다시 숙소로 가는 배를 탈 수 있는 카디쾨이 선착장에 닿으리라 계산하면서 말이다. 해는 조금씩 조금씩 바다로 기울었다. 내가 보는 해는 아시아에서 유럽으로 지는 중이었다. 이렇게 바다를 크게 둘러싸고 도시가 형성된 곳이 얼마나 있을까. 낚싯배가 들고 나는 자리에 한참을 서있었다. 해안에 고급 펜션이나 호텔 대신 집이 들어선 모습이 정겨웠다. 해가 유럽 쪽으로 지고 어둠이 찾아왔다.

나는 방향을 가늠할 수 있는 한 지점에 내려 해가 떨어지는 쪽을 향해 걸었다. 해가 유럽쪽으로 지고 어둠이 찾아왔다.

꽃에 눈길이
가듯

　나도 모르게 그녀 앞에서 발길이 멈췄다. 그곳이 어디 잔디나 햇살
잘 드는 테라스라도 되는 듯, 돌마바흐체 궁전으로 가던 번잡한 거리에
서 백일도 채 안 돼 보이는 갓난아기를 안고 구걸하던 그녀. 터키의 번
화한 도시에서 자주 목격했던 시리아 난민이었다. 탁심의 한복판에서
시리아 소년에게 가방을 도둑맞을 뻔한 일도 있었지만, 이렇게 꽃처럼
화사하게 웃으며 구걸을 할 수도 있구나. 곤하게 잠든 어린 영혼 앞에
서 마음 한편이 아렸다. 나는 주머니를 뒤져 얼마 안 되는 마음을 나눴
다. 그리고 나도 모르게 그만 카메라의 셔터를 눌러버렸다.

그곳이 어디 햇살 잘 드는 테라스라도 되는 듯.
돌마바흐체 궁전으로 가던 번잡한 거리에서
백일도 채 안 된 아기를 안고 구걸하던 그녀.
이렇게 꽃처럼 환하게 웃을 수도 있구나!

○

골목들

고궁이나 유적보다는 사람 사는 냄새가 나는 곳을 선호한다. 그래서 나는 터키를 골목으로 기억한다. 내가 사는 구일산 오일장에 외국인 여행자가 왔을 때 사람들의 시선을 한 몸에 받을 것처럼 관광지에서 벗어난 곳에서 나 역시 그러했다.

에미뇌니에서 무작정 버스에 올라 이스탄불의 가지오스만파샤에 내렸을 때, 에윕의 골목들을 누비면서 현지인들의 시장을 구경했을 때, 그리고 몇 가지 장신구와 스카프, 동으로 만든 주전자와 차이잔 세트 따위의 기념품들을 사던 때, 그랜드바자르의 상인이 부르던 상품 가격이 터무니없는 것이었다는 것을 느꼈을 때……, 나는 그곳의 골목에 있었다.

나는 현지의 시간을 살고자 노력했다. 우리의 언어는 달랐지만 웃음이 있었고 신기하게 마음이 전달됐으며 가끔은 인심 좋게 공짜 식사를 대접받기도 했다. 시리아에서 넘어온 난민들의 가슴 아픈 현실이나 이스탄불 대학에서 조금 더 안쪽으로 들어갔던 지역에서 느꼈던 가난한 서민 마을의 모습도 내가 기억하는 그곳의 단면이다.

그리고 지중해의 바다를 기억한다. 마르마라 해, 에게 해에 이어 마지막에 닿았던 에메랄드빛 바다. 안탈리아에서 나는 오스만 시대의 저택을 개조해 만든 멋진 호텔에 머물렀고 그 오래된 목조가옥의 감성에 젖어있었다. 구시가지의 돌담이 이어지는 골목들과 신시가지의 골목들이 이뤄내던 정반대의 감성들. 그럼에도 그것은 지중해의 태양 아래 하나로 어우러졌다.

지났던 수많은 골목과 눈에 담았던 서로 다른 바다의 모습들. 어떤 열망들이 터키라는 지극히 이국적인 공간에 풀어졌다. 어느 순간, 그것들이 더 이상 이국적이지 않던 그때, 비로소 돌아갈 때가 온 것이었다.

지났던 수많은 골목과 눈에 담았던 서로 다른
바다의 모습들… 어떤 열망들이 터키라는 지극히
이국적인 공간에 풀어졌다. 어느 순간 그것들이
더 이상 이국적이지 않던 그때, 비로소 돌아갈 때가
온 것이었다.

3부

라다크

마음으로 흐트러지다

"레"라고 발음해 본다. 아주 높은 음이어야 할 것이다. 인간의 음역대로는 도저히 낼 수 없는 시원의 소리여야 할 것이다. 해발 3,500미터에서 시작하는 고산지대 라다크의 중심부. '레'라는 발음을 들으면 공연히 입속에 침이 마르곤 한다.

돌아와서 그곳이 어떤 감성으로 내 안에서 다시 솟아날 줄은 생각지 못했다. 문득문득 심박이 빨라지고 나무라고는 없는 암석들로 이뤄진 히말라야의 설산들이 떠오르곤 했다. 그것도 한 해가 흐르고 난 뒤의 일이다.

공연히 라다크라는 이야기만 들어도 마음에 바람이 불어서, 마른 침을 삼키면서 언제라도 다시 그곳으로 가는 티켓을 끊게 될 것만 같은 이상한 예감. 그럴 때마다 나는 조용히 '레'라고 발음해본다.

○

마음에
불을 켜다

전기는 자주 끊겼고 샤워기의 수압은 약했다. 휴대전화는 레에 들어설 때부터 먹통이었다. 그렇게 나는 잠시 로그아웃되었고 와이파이를 이용할 수 있는 레의 호텔에서나 겨우 메시지를 확인할 수 있었다. 그렇게 모든 통신장비로부터 간단히 멀어지자 산이 더욱 가까워 보이기 시작했다.

나는 어디서고 작아졌는데, 인간이 만들어낸 수로의 배관으로 물이 들어오지 않거나 충전할 시간을 놓쳐 가전제품이 방전될 때면 더욱 그런 느낌이 들곤 했다.

문득 마음에 불같은 것이 있다는 생각이 들었다. 어떤 뜨거움은 때로 폭발할 것 같이 차오르기도 하고 가끔은 일말의 불씨조차 남기지 않고 사라져 버린다. 하고 싶은 일을 하지 않고서는 못 배기는 것이 아니라 하고 싶은 일은 그냥 하는 것이 내게는 자연스러웠다. 전후 사정을 다 생각하기에는 내 행동이 그것보다 빠른 것이다.

언젠가 내셔널지오그래픽 채널에서 밀림의 곤충을 다룰 때 '길앞잡이'라는 독특한 이름을 가진 곤충이 눈에 들어왔다. 육식을 즐기는 폭군으로 유명하지만, 그보다 그의 달리기 실력이 뇌의 속도를 앞지른다는 것이 흥미로웠다. 무조건 먹잇감에게 달려드는데 자신이 달리고 있는 걸 뒤늦게야 알아차린다고 하니, 과연 길앞잡이라는 그 이름이 딱 알맞다 싶었다.

프로를 보면서 그 곤충과 내가 닮았다는 생각을 했다. 속도를 몸에 달고 태어난 길앞잡이는 태생대로 난폭한 성질로 유명하다. 어린 시절 나는 마음에 품은 불 때문에 서툴렀고 주변 사람도 그 불로 인해 다치게 했을 것이다. 의도했든 그렇지 않았든 그 곤충처럼 나는 난폭한, 다루기 어려운 불이었을 것이다.

내가 기억할 수 있는 어린 시절부터 나는 우리가 사는 이 세계의 방식을 이해할 수가 없었다. 문득문득 불편하고 이상하다는 느낌이 들곤 하였다. 형편이 아주 넉넉하지 못해 가끔은 쌀이 떨어지기도 했던 초등학교 시절, 집 앞에는 (그 당시의 내가 보기엔 매우 드넓은) 깻잎밭이 있었다. 천장에서 달그락거리는 쥐를 쫓기 위해 키우던 고양이는 그 깨밭에서 가끔씩 참새를 사냥하기도 하였다. 수확철이 되면 들깨 향기가 담장 너머에서 들어오곤 했다.

당시 어머니는 '돈을 벌기 위해' 공장에서 일을 했는데, 일테면 그 돈은 시장에서 들깨와 깻잎으로 맞바꾸어야 하는 돈인 것이었다. 나로서는 깨를 직접 길러 먹는 것이 더 자연스러운 일처럼 생각되었다. 그래서 돈을 벌러 나가는 것이 왜 그렇게 자연스러워야 했는지 잘 이해하지 못했다.

또 한 가지는 우리가 버리는 것들에 대한 문제였다. 물과 함께 버려지는 많은 세제들은 환경오염을 일으키고 독성을 지닌 것도 있다는 것, 그리고 그 물을 정화시켜 배출해야 한다는 것. 수업시간에 배우는 내용대로라면 우리는 우리가 마실 물에 독을 타고 있는 셈이었다.

나이가 들어 그런 불편한 마음이 점점 자라면서 나는 이 문명에 대한 회의를 느낄 때가 많았다. 산업화 사회 이후 시작된 자본주의는 결국 사람을 대체 가능한 부품으로 전락시켰다. 인간을 부품으로 전락시킨 이 사회 시스템에 대한 대안은 아직까지 딱 부러지게 제시된 적이 없다. 부를 축적한 소수의 배는 더 많이 채워지고 그 반대편의 사람들은 굶어 죽어가는 것이 오히려 자연스러울 만큼, 산업화는 기계화와 불평등 사이, 딱 그만큼의 진보를 이루어냈다.

식문화에서도 그것은 철저하게 드러난다. 사람들이 먹기 좋게 품종이 개량되고 길러지는 동물들. 평생을 좁은 공간에 갇혀 스트레스를 받으며 살다가 조용히 도축되어 '고기'라는 식재료로 탄생될 운명을 갖고 태어난 생명들이다. 그리고 마트에서는 그것들이 보기 좋게 포장되어 사람들의 소비를 부추긴다.

비로소 편안히 내면으로 흔드러질 수 있을 것 같은 예감.
마음속 여러가지 생각들이 섞이고 분리되는 것을 느꼈다.
라다크의 자연에게 푹빠를 들킨 듯,
마음이 비포장도로를 달리듯 흔들리고 있었다.

동물을 기르고, 사료를 먹이고, 유통하는 과정에서 발생하는 모든 비용과 부작용들이 지구에 엄청난 무리를 주고 있다는 것, 그리고 이미 건강하지 못해 항생제나 약물에 의존했던 그들의 도축된 살을 먹는 인간들에게도 좋지 않은 영향을 미치리라는 것. 육식 문화는 현대 문명의 폐해를 압축적으로 보여주는 상징과도 같았다.

대량생산 대량소비가 지구에 주는 부담, 건강하지 못한 체제를 유지하기 위해 급처방되는 항생제와 같은 각종 제도들. 결정적으로 아무 생각 없이 먹었던 '고기'들이 과거에는 살아있던 생명임을 간과했던 게 미안해졌다. 내가 짧지 않은 시간 동안 채식을 했던 것은 어쩌면 자연스러운 흐름이었을 것이다. 라다크에서 나는 다시 그 불을 본 것 같았다. 나는 불이었다. 사람들이 다가오면 상처를 입는 불같은, 스스로 데워졌다 식어버리는 양날의 검이었다.

현지인들의 피부는 검고 탄탄했다. 화상을 방지하기 위해 최대한 몸을 덮어 볕을 단속하던 나의 연약한 그것과 달랐다. 마음도 쉽게 덴 것인지, 그 태양은, 그 태양으로 인해 한없이 푸르던 하늘은, 그 하늘을 떠받쳐 주던 히말라야의 봉우리를 휘돌던 바람은 나의 마음을 그렇게 데우고 휘젓고 다녔다.

서너 시간, 혹은 예닐곱 시간을 달려 목적지에 도착할 때까지 보이는 것은 끝없이 이어지는 산봉우리들이었다. 그 봉우리들은 누군가 화폭에 유화물감을 바르고 면이 넓은 나이프로 슥삭슥삭 봉우리 모양을 만들어놓은 듯 질서가 없어 보이면서도 질서 정연하게 멀리서부터 드러나곤 했다. 높은 곳에는 어김없이 만년설이 있었고 나무 한 그루 없이 (인간의 눈에는) 황량해 보이기만 하는 그곳은 여러 가지 색채로 빛나고 있었다. 어떤 곳은 붉었고, 어떤 곳은 노란 광채가 났고, 온통 잿빛인 산도 있었다. 그것은 토양과 암석에 섞인 광물의 색이었다.

광물의 성분을 가늠해보는 것 말고는 하늘의 색이 눈부시게 푸르다는 것 말고는 시야를 방해하는 것이 없는 그곳은 마치 마음을 비추는 거울과 같았다. 비로소 편안히 내면으로 흐드러질 수 있을 것 같은 예감. 그 속에서 나는 마음속의 여러 가지 생각들, 성분들이 섞이고 분리되는 것을 느꼈다. 라다크의 자연에게 속내를 들킨 듯, 마음이 비포장 도로를 달리듯 흔들리고 있었다.

He is

인도인이었다.

얼굴이 아주 검고 눈동자와 치아는 너무도 하얀 그들은.

멀리 더운 지역에서 이 산자락으로 와

히말라야에 자동차 길을 만들던 이들은.

마땅한 도구도 없이 손으로 돌을 주워 나르거나,

갓길에 나란히 돌을 놓아 도로를 표시하고 있었다.

때로 그들은 건물을 올리기도 했다.

여행자들이 머물게 될 숙소를 짓고 있었다.

때로 그들은 허름한 천막 속에 있었다.

그 앞을 지날 때마다 표정 없는 눈들을 마주해야 했다.

우리는 어디로부터 와서 이렇게 눈빛을 마주하고 있는 것일까.

내가 탄 자동차가 뒤로 먼지와 매연을 부려놓으면

그들이 잠깐 동안 누리던 휴식도 뿌옇게 사라지곤 했다.

신의
그림자

산들은 자신의 고도를 자랑이라도 하듯 그
림자를 받아들였다. 바로 구름의 그림자였다.
비가 거의 오지 않는 라다크의 하늘은 눈이 시
리도록 푸르지만 높은 곳에는 구름이 있다. 비
를 몰고 오는 먹구름이 아닌 산봉우리 위를 영
유하는 아직은 젊은 구름들 말이다. 산들은 그
그림자를 받고 있었다. 그러는 사이 봉우리에
서 물이 녹아 개울을 만들고 풀이 자라고, 키
큰 포플러나무가 자라는 분지가 모습을 드러
냈다. 주변에는 어김없이 마을이 형성되었고,
고도가 높은 목초지에는 방목하는 야크들이
눈에 띄곤 했다.

마음속에 바람의 길이 생긴듯
나는 히말라야에서 불어오는 그 바람을
온몸으로 맞고 있었다.
잠시 잊고 있었던 뜨거운 것이
마음속에서 일어나기 시작했다.

이 땅에서 인간의 문명은 아주 작은 조각에 불과하다. 자연은 그야 말로 모든 것을 압도하고 있었다. 오래전 정착했던 사람들은 그 속에서 산이 주는 선물을 받으며 조화를 이뤘다. 야크를 방목하고, 짐승의 살 은 꼭 필요할 때만 먹으며, 자연에서 얻을 수 있는 것으로 살아온 그들 의 생활 방식은 자연을 거스르지도, 순화시키지도 않고 그대로 주변과 조화를 이루면서 흘러왔다. 마치 히말라야의 산봉우리에서 만년설이 녹아 산 아래 생명을 품었듯이 말이다.

아무것도 없지만, 이미 꽉 찬 생명이던 그 길은 나에게 이 세계에 대 한 근본적인 물음을 던져주었다. 마음속에 바람의 길이 생긴 듯, 나는 히말라야에서 불어오는 그 바람을 온몸으로 맞고 있었다. 잠시 잊고 있 었던 뜨거운 것이 마음속에서 일어나기 시작했다.

판공초

판공초로 떠나던 날, 호텔에 큰 짐을 두고 하루치의 짐을 챙겨 지프에 올랐다. (주머니 사정이 좋을 리 없는) 시인이 아이러니하게도 라다크에서 (내가 느끼기로) 황제와 같은 럭셔리 여행을 하게 되었다. 시설 좋은 호텔을 베이스캠프 삼아, 하루 세끼 모든 식사가 나오고, 기사 겸 영어 가이드가 딸린 전용 지프를 체류기간 내내 이용했다는 것 자체가 이 프로그램이 얼마나 귀족적인가를 말해준다.

여행기에서 읽었던 벼룩이나 빈대가 나오는 침대는 나와 동떨어진 이야기였다. 사실 이런 럭셔리 관광을 원했던 것은 아니었다. 현지 사정을 잘 모르는 나로서는 그곳 여행사와 직접 소통을 하는 것이 가장 나은 방법으로 보여 직접 연락을 취해본 것뿐이었다. 골목골목을 걷거나 대중교통을 이용해보고도 싶었지만 짧은 일정과 고산증, 아주 매력적인 가격이라는 여러 가지 이유 때문에 현지 프로그램을 택했다. 잠깐 동안 허락된 시간을 나는 즐겁게 받아들이기로 했다.

아침마다 영어 가이드가 거의 새것과 다름없는 지프를 몰고 와서 짐을 날라주었고 하루의 일정을 설명하고 친절하게 안내했다. 그날 아침 나는 일행들과 함께 호텔에서 아침을 먹고 차를 마신 후에 가이드를 기다렸다. 라다크인이자 인도에서 정치학을 전공하는 대학생 롭산이 골반에 헐렁하게 걸쳐지는 청바지를 입고 경쾌하게 우리를 안내했다.

고산지대에 어느 정도 익숙해져 있었지만 판공초는 레보다 고도가 천 미터 정도 높고, 가는 길에는 세계에서 세 번째로 높은 자동차 길 창라를 넘어가야 하는 어려움이 기다리고 있었다. 한여름이었지만 영하로 떨어질 수 있는 날씨에도 대비해야 했다.

떠나기 전날, 나는 뜨끈한 국물이 먹고 싶었다. 인도인이 운영하는 호텔에서는 매일같이 커리나 인도의 향신료를 듬뿍 넣은 음식들이 나왔다. 나는 라다크에서만 먹을 수 있는 음식이 먹고 싶었다. 라다크에는 관광객들에게 소개할 만한 전통음식이 많지 않다. 척박한 환경에서 불에 조리하는 요리가 크게 발달되어있지 않은 것이다. 티베트 사람들이 많이 먹는다는 우리네 칼국수와 비슷한 뚝바 정도가 관광객들이 접할 수 있는 현지 음식이 아닐까 싶었다. 나는 호텔 주인에게 저녁으로 뚝바가 먹고 싶다고 말했다. 그는 흔쾌히 부탁을 들어주었고, 나는 그 뜨끈한 국물을 호호 불어가며 국물까지 말끔히 비워냈다.

그것이 잘못이었던 건지, 판공초로 올라가던 길 나는 심하게 배앓이를 해야 했다. 일행이 챙겨온 지사제로 간신히 위기를 모면한 건 천만 다행한 일이다. 귀족처럼 보낸다고 생각했는데 역시 오지는 오지다 싶었다. 배앓이가 멎자 해발 5,360미터의 창 라에서 고산증세에 시달려야 했다. 그렇게 나는 산허리 곳곳에 흔적을 남긴 채 인도의 유명한 영화 〈세 얼간이〉의 배경지이기도 했던 그 푸른 호수로 향하고 있었다.

달에서 걷는 것이 이런 기분일까. 창 라에서 잠시 숨을 고르면서 이미 한 계절 앞에 당도한 듯한 착각마저 일었다. 여전히 대기권에 머물면서 엄살을 부리는 것도 같지만, 손이 퉁퉁 붓고 몸이 굼떴다. 여전히 중력과 대기가 있어 몸이 공중으로 떠다니지 않는 다는 것이 위안이었달까.

그런 고생 끝에 당도한 판공초였다. 레에서 예닐곱 시간을 달려 이른 곳이었다. 멀리 차창 밖으로 푸른 물이 모습을 드러냈을 때, 내 눈엔 온전히 고요한 물빛이 가득했다. 그렇게 눈으로 담은 호수까지 다가가는 데에도 30분 정도의 시간이 더 걸렸다. 자동차 길로 넘쳐흐르는 물살을 조마조마한 마음으로 건넌 것이 마지막 고비였다.

차창 가까이 물이 닿았다. 암석의 질감이 없었다면 모래언덕이라고 생각했을 것이다. 누런 황금빛 민둥산이 호수의 배경을 장식했다. 그것이 아니었다면 이 물빛은 하늘과 그대로 연결되었을 것이다. 호수라 하기엔 그 길이가 티베트에서 라다크로 이르는 130킬로미터나 되는 엄청난 규모다. 먼 옛날 히말라야가 바다 저 밑에서 솟아오를 때 한 덩이를 뚝 떼어낸 것처럼 바닷물이 지각과 함께 하늘 위로 솟아올랐다. 때문에 이 호수는 담수가 아닌 염호, 소금호수다. 물은 바다의 그것처럼 빛이 반사되어 아름다운 에메랄드빛을 냈다.

일정표에서 본 대로, 개별 샤워시설까지 갖춘 럭셔리 캠핑장에 도착했다. 지프에서 내리니 호수 주변에는 캠핑장 대여섯 곳과 게스트하우스가 있었다. 차에서 내리자마자 캠핑장의 직원들이 부지런히 우리 짐을 날라 예약된 텐트 앞으로 옮겨주었다. 내부는 마치 야외에 호텔을 옮겨놓은 듯했다. 양탄자가 깔린 바닥이며 킹사이즈는 되어 보이는 푹신한 침대와 작은 수납장과 집기들이 있었다. 그 안쪽으로 천을 헤집고 들어가니 화장실이었다.

우리는 다시 귀족이 되었지만 손 씻을 물조차 금방 바닥이 났고, 수세식 양변기에는 전 사람이 미처 내리지 못하고 간 흔적이 그대로 남아 있었다. 물이 이렇게 풍부한 곳에 제대로 된 수로와 정화 시설을 갖추었는지도 의문이었지만, 수도꼭지를 조잡하게 연결해놓을 필요도 없었 겠다는 생각을 했다. 도처에 자본의 물결이었다. 도착했을 때 짐을 날 라주던 직원들에게 얼마간의 지폐라도 건네야 마음이 편해지던 그 감 정처럼 말이다. 나는 오히려 판공호 주변에 살았을 사람들의 옛 방식으 로 시설을 만들었다면 어땠을까 하는 생각을 했다.

그러나 생각은 오래 머물지 못했다. 구름이 끼는 것 같았던 날씨는 우리가 도착할 때 즈음 맑은 하늘을 열어주었다. 거대한 호수 주변이라 날씨 변덕이 심해 푸른 물빛을 만나지 못하고 다녀가는 경우도 종종 있 다고 했다. 그에 비하면 운이 좋았다. 카메라를 들고 밖으로 나섰다. 태 양이 반짝이며 호수를 비추는 것을 넋이 나간 채 바라보았다. 하늘에 더 가까워져서 만난 호수는 그 존재만으로도 사람의 마음을 얼마나 시 원에 가깝게 해주는 것인지. 느릿느릿 걷고 느리게 행동했다. 어느새 나는 해발 4,300미터 상공이라는 것이 실감이 안 날 만큼 고도에 적응 해있었다.

저녁이 되고 아직 어둠이 당도하지 않을 시각, 달이 떠올랐다. 호수 건너편 봉우리에서 서서히 모습을 드러냈다. 보름이었다. 순식간에 달 은 봉우리를 지나 공중으로 떠올랐다. 하늘에 닿은 느낌이었을까, 마치 다른 행성에 당도한 듯 그렇게 비현실적인 달을, 나는 보았다.

밤하늘엔 구름 한 점 없었지만 별빛은 힘을 잃었다. 달의 기운이 별빛을 삼켰다. 옛날 보부상이 달빛에 의지해 산길을 넘었다고 했던가. 어둠이 당도하자 캠핑장에서 돌아가던 발전기가 멈췄다. 생애 처음 맞는 블랙아웃이었다. 사위가 고요했다.

모든 전원이 차단된 그 순간, 전구 몇 개가 꺼졌을 뿐이다. 그것도 잠시. 누군가 스위치를 올린 듯, 달이 켜졌다. 달빛이 그토록 환할 수 있다는 것을 그때 처음 알았다. 달은 조명이 없는 하늘 아래 자신의 그림자를 더욱 짙고 선명하게 부리고 있었다. 달빛으로 환하던 그 시각, 숙소 밖 개들의 울음소리가 들렸다. 개와 달의 시간이 온 것이었다. 잠시 하늘로 손을 뻗어보았다.

◉

달 스위치

발뒤꿈치에 굳은살이 생기도록
희박한 공기 속을 걸었다.

해발 4,500미터 판공초

디젤발전기가 툭툭툭 돌아가는 마을
잠깐 불을 밝히면
검은 매연도 함께 솟아오르는 곳.

어쩌면 그것은 오래된 미래

모든 전원이 상실되고

빛은 어둠 속에서
스스로를 밝힌다.

비로소
달의 스위치를 켜는 시간
백수해안에도
같은 달이 떴을 것이다.

○

언젠가 당도할
바람에게

물가에 앉아 판공초를 바라보던 라마승이 비현실적으로 보였다.

나는 그에게 허락을 구하고 그 모습을 사진에 담았다.

역광으로 실루엣만 검게 남은 사진이었다.

그는 마토 곰파의 승려였다.

이틀 있다 내려가니, 곰파에 오라고 했다.

레에서 20킬로미터쯤 떨어진 곳.

정해진 일정을 벗어나기는 쉽지가 않았다.

나는 아쉬운 마음으로 마토,

마을의 이름을 발음해보았다.

언젠가 내가 발음한 단어들이

나를 그곳으로 안내할 것이다.

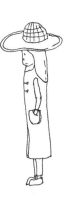

언젠가 내가 발음한 단어들이
나를 그곳으로 안내할 것이다.

○

곰파

라다크에 머무는 동안 찾아다닌 곰파만 해도 열 곳 남짓이다. 곰파는 티베트 불교인 라마교의 절을 일컫는 현지어다. 터키에 마을마다 모스크가 있는 것처럼 그곳에서 곰파는 곧 생활이다. 대춧빛 승려복을 입은 라마승의 모습이 가장 먼저 떠오를 만큼, 불교는 라다크의 역사이자 상징인 것이다.

물론 이 지역에는 이슬람 인구도 제법 있고, 기독교 인구도 존재하지만 티베트로부터 유래한 라다크에서 가장 먼저 떠오르는 것은 아무래도 불교일 것이다. 기도문이 빼곡한 오색 천들이 공중에 매달려 바람에 휘날리는 풍경—바람에 나부끼는 룽다가 그 종교적 색채를 더욱 짙게 해준다.

라다크의 건축물은 주로 지역에서 나는 흙과 석회로 만드는데, 곰파는 마을의 가장 높은 곳에서 하얀빛을 발하며 산을 받들고 있다는 느낌을 준다. 사원은 고독하지만 강직한 모습으로 높은 곳에 우뚝 서있다. 탱화와 불상이 있는 것은 우리나라의 절과 다르지 않지만 전체적인 색감과 분위기는 차이가 있다. 라다크에 있는 곰파 중 가장 규모가 큰 곳은 헤미스 곰파로, 17세기에 지어져 그 역사와 오랜 전통을 자랑한다. 특히 6~7월 사이에 열리는 체추라는 가면 축제가 유명하다.

헤미스곰파는 과연 듣던 대로 다른 곳에 비해 규모가 대단했다. 입장권을 구입한 후 안으로 들어가려던 때 그늘에서 쉬고 있던 노승이 내게 옆에 앉으라고 손짓했다. 나는 "줄레!" 하고 그곳의 말로 인사를 건넸을 뿐이다. 한국에서 왔다는 정도로만 소통을 하고 크게 말이 없었지만 그늘에서 파란 하늘을 바라보는 것만으로도 마음이 여유로워졌다.

고산증은 다행히도 무사히 넘겼지만 건조한 날씨 때문에 콧속은 말이 아니었다. 만성적인 알레르기성 비염을 앓는 나는 건조한 기후는 생각지도 못한 채 청정 지역으로 간다는 생각에만 들떠있었다. 평소 챙기던 상비약조차 없어 콧속은 갈라지고 피가 났다. 선글라스와 모자, 스카프로 온몸을 꽁꽁 싸매 태양을 피하는 것도 모자라 코를 보호하기 위해 마스크까지 착용한 내가 좀 우스꽝스럽지는 않았을까? 한참 말이 없던 스님은 내게 "티?" 하고 한 마디를 건넸다. 그 말이 참 정겹게 들렸다.

나는 일행과 함께 곰파의 좁은 골목을 따라 스님의 거처로 들어갔다. 노승은 부엌에서 물을 끓이고 차를 걸러 우리에게 달콤한 짜이를 만들어 주었다. 너무 오래돼 딱딱했던 말린 살구와 아껴두었던 오래된 쿠키도 함께 꺼내주며 어서 먹으라고 했다. 기도할 때 쓰는 몇 가지 도구들과 사진첩도 함께 보았다. 그리고 정확히 이해했다면 그곳에서 하룻밤 묵어갈 수 있다고 말한 것 같은데, 나는 가야 할 길이 멀었다. 스님의 숙소로 난 창밖에 히말라야의 바람이 걸려있었다.

곰파에 들를 때마다 라마승들은 무심한 듯 명상을 하거나 쉬고 있다
가도, 힘든 여행자에게 곧잘 쉬었다 가라고 손짓했다. 가끔은 차를 권
하기도 했다. 스피툭 곰파에서는 젊은 라마승이 "차 한 잔 하실래요?"
라고 우리말로 얘기해 내 귀를 의심하게 했다.

무거운 짐을 옮기고, 버터초를 만들거나 지워진 벽화를 수정하고, 음
식을 만드는 일. 절은 승려들 스스로가 일하고 만들어가는 곳이었다.
생활이 곧 수행이 아닐까. 라다크의 절은 그곳에서 부는 바람만큼이나
활기찼다.

그리고 마지막 날, 우리 일행은 라다크 동북부에 있는 투르툭마을에서 레로 돌아가는 길에 디스킷 곰파에 들렀다. 곰파의 입구, 가파른 오르막에서 노승 한 명이 우리 차를 세웠다. 좌석은 만석이었지만 우리는 기꺼이 뒷좌석에 네 사람이 붙어 앉으면서 한 자리를 비웠다.

함께 도착한 스님은 곰파에 내려서도 아주 천천히, 천천히 계단을 밟았다. 마치 토끼와 거북이 우화처럼 우리의 뒤에서 느릿느릿 계단을 오르기 시작했다. 그러나 그 모습은 힘이 모두 빠진 쇠잔한 노인의 그것이 아니었다. 그는 자신이 가진 에너지의 크기를 안다는 듯이 그가 낼 수 있는 최선의 속도로 한 걸음씩 계단을 오르고 있었다. 피부는 맑았고, 얼굴엔 잔잔한 미소가 번졌다. 잠시나마 부축하려 했던 내 손이 오히려 부끄러워졌다. 나는 그곳에서 다시 저마다의 속도에 대해 생각했다. 이른 아침이었다.

위쪽 법당에서 예불 소리가 들려왔다. 호기심이 발해 무언가 특별해 보이는 그 의식을 지켜보았다. 앞에 있던 한 승려가 들어오라고 손짓했다. 나는 그의 안내대로 창가에 앉았다. 이십여 명쯤 되는 승려들이 탁자 앞에 모여 불경을 외우고 입구에서 절을 하는 신도들도 있었다. 어떤 특별한 의식인가 하고 궁금해지던 찰나, 동자승이 음식을 들고 들어왔다.

그 의식은 바로 식사 전에 올리는 예불이었던 것이다. 나는 얼떨결에 함께 식사를 하게 되었다. 보리와 옥수수로 반죽해 기름에 구운 노릇한 빵과 야크젖으로 만든 진한 버터와 살구잼이 나왔다. 스님을 차에 태워준 데 대한 보상이었을까. 그 아침은 라다크에서 맛보았던 음식 중 최고였다. 스님들의 식탁에 초대받은 느낌 또한 뭐라 말로 표현하기 어려운 기쁨이었다.

곰파나 라다크의 전통 건축물이 회반죽으로 인해 하얀 것을 보고 사람들은 산토리니에 곧잘 비교한다. 벽이 하얀 것은 분명 닮아있지만 산토리니에서는 볼 수 없는 목조 창문이 라다크의 건축물을 전혀 다른 양식으로 보이게 했다. 정성들여 수작업으로 만든 나무창은 그 자체로도 하나의 예술품 같았다. 히말라야의 경관을 거스르지 않으면서도 어떤 자부심 같은 게 느껴지는, 내가 곰파를 다니면서 느낀 것은 그런 것들이었다.

일정에 따라, 고성과 곰파를 투어하는 날이 두 날이었는데 하루에 네 곳씩 밀물과 썰물이 교차되듯 이동해야 하는 것이 아쉬웠다. 하루 종일 나무 창문으로 들어오는 바람을 맞다가 저녁 예불이 있으면 함께 기도를 올리며 하룻밤을 묵어가도 좋았으리라.

어느 날 다시 레에 머물 날을 생각한다. 그때는 현지인의 마을에 잠시 세들어 그들의 이야기에 귀기울여 볼 것이다. 지나치면서 찍었던 스님들의 사진을 들고 곰파를 찾아가 지난 이야기를 할 것이다. 열린 창으로 들어오는 히말라야의 바람을 맞으며 모든 생각을 풀어놓을 것이다.

그때가 되면 판공초로 가던 날, 그 험난한 여정을 오로지 다리 근육에만 의지한 채 자전거에 짐을 싣고 창 라로 향하던 사람들처럼, 라다크와 연결된 나의 근육도 조금 더 단단해질 것이다. 처음 밟았던 라다크는 모든 것이 낯설었지만 히말라야에 피어난 에델바이스처럼, 하늘까지 닿을 듯한 기세로 자라는 포플러나무처럼 그곳에 자연스럽게 스며들 수 있을 것 같았다. 그것은 그곳의 자연이, 그곳의 사람들이 알려준 말 없는 가르침이었다.

○

함께여서
가능한 것들

여행은 일부러 고독으로 들어가는 거라고 생각했다. 그래서 나는 여행을 침묵하기 좋은 계절이라고 부르기도 한다. 고요가 그리워질 때마다 여행을 계획했던 습관에서 비롯된 것이다. 돌아보면 고독 속으로 들어갔다가 나올 사람처럼 짐을 쌌지만 정작 여행지에서는 많은 이들로부터 도움을 받았고 친구가 되기도 했다. 결국 혼자가 아니란 것을 깨닫고 다시 인천공항으로 들어올 때면 또다시 돌아온 자의 고독이 반복되었다.

사람은 누군가와 함께 있건 그렇지 않건 본질적으로 고독을 탐하는 것이 아닐까. 결국 내가 이방의 나라에서 얻으려고 했던 고요는 모국어를 잠시나마 내려놓는 것 아니었을까. 글을 만지는 이로서 단어 하나, 토씨 하나에도 민감하게 반응하는 눈과 귀를 잠시 쉬게 하고 싶은 갈망 같은 것이 나에게는 있는 것이다.

라다크행은 오랜 지기들과 함께했다. 응급용 산소를 한 모금씩 나눠 마시고, 사막의 모래 위를 함께 걷다가, 히말라야에 뜬 보름달을 함께 보고, 산속에서 평화롭게 야영을 하다가, 멀리 파키스탄 분쟁지역을 보면서 숨을 헉헉거리는 경험을 누구와 해보겠는가.

길을 함께 간다는 것, 밤을 함께 보낸다는 것, 혼자 밥을 먹지 않아도 된다는 것, 외롭지 않다는 것, 모국어를 발음할 수 있다는 것…….

나는 때로 함께하는 여행이 즐거울 수 있다는 것을 알게 되었다. 우리는 훈다르 사막으로 가던 길 암석이 풍화되어 지상으로 모래언덕을 이룬 곳에 차를 세웠다. 그리고 그곳에서 회색빛 모래를 한 움큼씩 담아왔다. 우리 각자의 방에는 그곳에서 함께 빛났던 시간들처럼 히말라야에서 걷어 올린 모래가 반짝이고 있을 것이다.

길을 함께 간다는 것
밤을 함께 보낸다는 것
혼자 밥을 먹지 않아도 된다는것
외롭지 않다는 것
모국어를 발음할수 있다는 것….

카르둥 라

산굽이마다 각기 다른 결을 품고 있어서 어느 곳을 가든 새롭지 않은 곳이 없었다. 어느 날은 소금호수를 보여주는가 하면, 어느 날은 세계에서 가장 높은 고갯길로 안내했다. 해발 5,606미터에 달하는 카르둥 라를 지나 사막과 협곡으로 가는 길이었다. 또 한 고비가 다가왔다. 정말이지 고개를 넘을 때는 말을 하기도 버거울 만큼 몸에 무리가 왔다. 비교적 길이 잘 닦였다고 생각하면 좁고 울퉁불퉁한 길이 예고 없이 나타났다.

흙먼지가 일었고 길은 산으로 끝없이 펼쳐졌다. 멀리 산허리를 지나는 차는 하나의 점에 지나지 않았다. 우리는 레에서 라다크의 북부지역으로 가고 있었다. 그곳에서 이동하며 이틀을 머물 예정이었다. 카르둥 라는 마지막 고개, 마지막 고비였다. 언덕을 지나면서는 고도가 점점 내려가 레와 비슷해지기 때문에 그 고개만 잘 넘으면 되었다.

아침 일찍 출발하여 줄곧 이동만 했다. 차는 계속해서 덜컹거렸다. 산길의 땅이라는 라다크는 말 그대로 산으로 난 길 자체였다. 동해로 운전해서 가던 길, 고속으로 뚫린 터널을 지나기 싫어 한계령으로 돌아간 적이 있었다. 잘 닦인 포장도로였음에도 깎아지를 듯한 절벽이 보이는 순간이면 간담이 서늘해졌다. 그날 내가 넘었던 산고개는 라다크의 산길에 비하면 작은 언덕으로 느껴지기까지 했다.

히말라야의 산길을 지날 때마다 몇백 미터 높이에서 안전장비 없이 외줄타기를 하는 곡예사가 된 느낌이었다. 벼랑에 이미 철제 프레임만 남은 차량들이 오래전 죽은 자의 흔적처럼 남아있는 것을 몇 차례나 보았다. 다행히 가이드는 차를 차분히 몰았다. 코너를 돌 때마다 반대편에 알리기 위해 계속해서 경적을 울렸다. 처음에 거슬렸던 그 소리가 어느 순간 음악처럼 편안하게 들렸다.

○

작은
사막에서

카르둥 라를 지나면서 몸이 무거워지고 분위기가 가라앉자 가이드는 편안한 음악으로 분위기를 전환해주었다. 차 안에는 종교색이 짙은 음악이 흘러나왔다. 단순한 멜로디로 옴마니반메훔이라는 가사가 끝없이 반복되는 곡이었다. 옴마니반메훔은 불교에서 외우는 일종의 주문과 같은 말인데, 신자들은 번뇌와 죄악이 소멸되고 지혜와 공덕을 갖추게 해준다고 믿는다.

나는 그 주문을 들으며 차분하게 산이 펼쳐내는 장관을 감상했다. 산으로부터 물이 내려와 강을 이루고, 물이 가까운 분지에 이르면 마을이 나타났다. 카르둥 라를 무사히 넘어 검문소에서 출입 허가를 받은 후에 훈다르 모래언덕에 닿을 수 있었다. 훈다르는 풍화작용에 의해 형성된 모래언덕, 작은 사막이다.

라다크의 북동쪽으로 뻗은 이 지역의 산맥은 또 다른 느낌을 풍겼다. 조금 더 강직하고 험준해 남성성이 더 드러나는 느낌이었다. 그동안 다른 산들을 보며 부드럽다고 느낄 때가 많았는데, 훈다르로 넘어오면서 마주한 산은 바위, 날것에 가까운 형상을 갖고 있었다. 그 딱딱하고 울퉁불퉁한 바위산은 다시 사막을 품고 있었다. 초입까지만 하더라도 물이 풍부한 녹지였는데, 멀리 낙타 행렬이 있는 것을 보며 안으로 들어가니 바로 모래언덕이었다. 봉이 두 개인 낙타들이 손님을 기다리고 있었다. 낙타 투어는 현지 물가로 보면 매우 비쌌다. 사실 처음부터 낙타를 탈 계획이 없었다. 이미 그들은 종일 관광객을 태우느라 지쳐 보였다. 너무 많은 순간에 나는 인간으로 태어난 게 미안해진다.

나는 그 광경을 지나 종일 태양에 달궈진 모래 위를 그냥 걸었다. 그것이 아무 목적이 없던 나의 목적이었다. 사하라나 고비에 비하면 아담한 모래언덕으로 느껴질 작은 규모였지만, 나는 처음으로 사막 가까이에 서있었다. 모든 게 비현실적이었다. 신기루처럼 모래바람과 함께 자취를 감추는 일이 가능할 것도 같았다.

위대한, 아니, 그냥 자연 앞에 있으면 처음 우리는 무어라 할 말을 잊는다. 거기에 적응이 되면 할 수 있는 일이 무엇인가를 자꾸 찾게 된다. 잠을 자고, 집 안의 화장실을 가는 것조차 소비인 생활 속에서는 상상하기 힘든 일이다. 나는 뜨거운 모래를 손에 쥐어 흩날렸다. 바람의 길로 모래가 빠져나갔다.

○

아무것도 없어
충만한

모래의 환상에서 벗어나 산이 감춰놓은 또 다른 매력 속으로 들어섰다. 누브라밸리. 나무 팻말에 페인트로 칠한 캠핑장 표지판이 드문드문 보였다. 판공초에서 그러했듯, 이곳까지 수십 개의 캠핑장이 들어설 정도로 라다크를 찾는 인구가 점점 늘고 있는 것이 과연 실감났다. 짐을 부린 캠핑장 주변을 키 높은 포플러나무가 에워쌌다. 시선을 멀리 돌려 산을 찾지 않는다면 나무로 가득한 산중 어딘가에 텐트를 치고 있는 것 같다는 착각이 들 만큼 녹지였다. 포플러나무 밑으로 살구나무를 비롯한 키 작은 나무들이 숲 그늘을 만들어주었다. 날이 포근했다.

체류기간 동안 한 번도 보지 못했던 모기도 보였다. 그곳의 공기와 익숙해질 무렵 날이 저물었다. 공기는 적당히 습기를 머금었고, 초가을 같은 선선한 바람이 불었다. 밤이 되자 서성거리던 모기들도 힘을 잃었는지 사라지고 없었다. 알 수 없는 충만함이 깃든 밤이었다.

라다크에 도착해 마지막 목적지에 이르기까지 서울에서 그랬던 것처럼 무언가에 쫓기는듯 조급한 마음이 들었다. 편치 않았던 그 마음은 그곳의 환경에 적응하기 위한 노력이었고 일행들과 어떻게 하면 즐거운 시간을 보낼까 하는 과잉된 욕심이었다는 것을 그제야 깨달았다.

숲에 들어섰을 때 느꼈던 그 푸근함은 마치 아이가 엄마의 품에 안긴 듯 모든 의심을 버린 순간과 같은 것이었다. 캠핑장에는 요기들로 보이는 서양인 단체 십여 명이 함께 있었다. 그들은 조용히 대화를 나누고, 나지막이 노래를 합창하더니 숲에 동화되겠다는 듯 고요히 각자의 텐트 속으로 흔적을 감추었다. 달은 여전히 빛났지만 보름이 기울었고, 뾰족하게 솟은 산들 사이로 쏟아지는 히말라야의 별이 보였다.

그저 아무것도 없어 충만한 밤이었다. 아무런 건축물도, 눈을 휘둥그렇게 만드는 호수도, 오래된 벽화나 박물관도 유적도 없었다. 그냥 산속이었고 나무 옆에 텐트를 쳤을 뿐, 감상해야 할 것은 아무것도 없었다. 그곳의 지명이나 역사를 몰라서 이해할 수 없는 언어도, 이해해야 할 무엇도 없었다. 그저 달빛이 충만한 그 숲과 내가 비등한 관계 속에서 하나가 되었다. 숲은 그렇게 멀리서 온 자의 마음을 품어주었다. 어렵게 구한 맥주 몇 병과, 레에서 사온 포도와 사과, 싱싱하지 않아 팔지 않겠다던 것을 간신히 얻어온 망고. 이제 전기가 끊기는 것쯤은 대수롭지 않던 그 밤, 촛불 몇 개로 밝아진 그곳에서 이야기도 무르익었다.

공기가 촉촉했다. 한국을 떠나온 뒤로 아주 오랜만에 나는 깊은 잠속으로 빠져들었다.

북쪽의 경계에
이르러

북쪽으로 올라갈수록 사람들의 생김새가 달라졌다. 라다크의 주민들은 볕에 그을린 우리나라의 시골 농부와 닮아있었다. 그러던 것이 북으로 갈수록 피부색이 조금 더 까맣고 쌍꺼풀도 짙어졌다. 누브라밸리를 따라 흐르던 쇽 강을 끼고 우리가 갈 수 있는 인도 국경의 가장 끝으로 가고 있었다. 강을 거슬러 오르면 바로 파키스탄이라고 가이드가 설명해주었다.

그런 그의 말을 입증하듯 검문이 조금 더 까다로워졌다. 다른 지역에서는 미리 출입 등록을 해두고 여권만 보여주면 되었던 것이, 공식 검문소를 지나고도 군인들이 지시할 때마다 차를 몇 번이나 세워야 했다. 철다리를 건널 때는 군사시설로 사진 촬영이 제한되기도 했다. 그렇게 긴장감 속에서 다다른 마을이 바로 투르툭이었다. 산에서 힘차게 물이 내려와 쇽 강과 만나는 곳이었다. 물길의 끝에 이르러 나무다리 옆에 차를 세웠다. 다리 건너편에 숙소가 있었다. 히잡을 두른 여성들, 챙 없는 모자를 쓴 남성들이 보였다. 무슬림 마을이었다. 사람들의 생김새도 분위기도 확연히 달랐다. 또 다른 세계에 들어선 것이었다.

다리를 건너자 바로 주택가였다. 여전히 전통적인 형태를 유지하고 있는 그 마을에는 여행자를 위한 숙소가 많지 않았다. 두 사람이 나란히 걷기에는 비좁은 골목들. 골목은 계속 갈라졌고, 갈라진 곳에서 집으로 들어가는 문이 나오곤 하였다. 미로 같았다. 문이 열려있던 집의 내부를 보니 1층은 동굴같이 캄캄했다. 겨울이 긴 기후의 특성상 라다크 사람들처럼 1층에서는 가축을 기르고 생활은 2층에서 하는 것이리라.

나이가 몇백 년은 되어 보이는 살구나무를 지나자 숙소가 나왔다. 해바라기 정원이 딸린 야외 식당이 있었고, 바로 옆으로 2층짜리 건물이 있었다. 마을 안으로 수로가 지나고 있어 물이 풍부했다. 메밀밭이 지척이었다. 수로에서 경쾌하게 물소리가 들려왔고, 예약된 방은 정물화처럼 정갈했다. 투르툭 출신의 형제가 운영하는 곳이라고 했다. 게스트하우스를 위해 신축한 건물이었지만, 지역의 건축방식을 그대로 따르고 있어 주택가를 이웃한 것이 전혀 어색하지 않았다.

수작업으로 만들었을 진흙빛 나무창, 천장은 한옥의 서까래처럼 나무로 이어 멋스러운 느낌이 더해졌다. 창밖으로 해바라기가 흐드러지게 피었다. 마치 고흐의 그림 속에 들어온 것 같았다.

우리는 숙소에 짐을 푼 뒤 해바라기 정원에서 점심 식사를 마치고 자유롭게 시간을 보냈다. 여름에만 일하러 온다는 인도인 요리사는 (닭이 낳지 않는 달걀도 있을까만) 닭이 낳은 신선한 달걀로 오믈렛을 만들고 해바라기 정원 뒤편에 있는 텃밭에서 벅스버니가 먹을 것 같은 싱싱한 당근을 캐와 볶음밥을 만들어주었다. 신선한 식탁이었다.

마을은 평화로웠고, 관광객들이 많지 않아 현지인들의 생활을 가까이서 느낄 수 있는 곳이었다. 식당에서 바로 보이는 도랑은 빨래터인 듯 히잡을 두른 여인들이 빨래를 하고 있었다. 지게에 건초더미를 올려 나르는 여인들과도 여러 번 마주쳤다.

무슬림의 마을에서는 남자들이 한량처럼 차를 마시거나 할 일 없이 배회하는 것 같다는 느낌을 받곤 했는데, 투르툭에서도 마찬가지였다. 챙 없는 모자를 쓰고 턱수염을 기른 남자들이 삼삼오오 모여있거나 찻집에도 온통 남자들뿐인, 어딘가 익숙한 광경. 생김새와 생활상은 달랐지만 이스탄불에서 보았던 그것이었다.

여행의 끝자락에 와있었다. 나는 그제야 필기구를 꺼낼 생각을 했다. 일행들은 주변으로 산책을 나갔고, 나는 홀로 남아 해바라기 정원에서 노트를 꺼내 슥슥 해바라기를 그리다가 머릿속에 떠오르는 생각들을 글로 잡아두었다.

겨우 고도에 적응해서 푸석푸석하던 피부가 제자리를 찾고 붓기도 가라앉은 것이 마지막 일정에서라니. 마음에 점점 여유가 생긴 것은 누브라밸리부터 투르툭까지 이어진 다른 환경 때문이었을까 아니면 몸이 고도에 적응했기 때문이었을까. 어쩌면 두 가지 모두일지도 모른다. 중요한 것은 하루만 머물기에는 마을이 너무 예쁘다는 것이었다. 아무것도 하지 않고 해바라기 정원에만 앉아있어도 한 주는 훌쩍 지날 것 같았다. 인터넷도 없고 로밍폰도 연결이 안 되는 건 다른 곳과 마찬가지였지만, 인도의 기지국마저도 미치지 않는 그런 곳이었다. 휴대전화는 라다크에 도착한 뒤로 잉여품이 되었다. 이상하게 통신기기에서 멀어질수록 마음이 느긋해졌다.

우리는 별다른 이견 없이 남은 일정을 포기하고 투르툭에서 마지막 일정을 보내기로 했다. 상황을 정리하고 나자 조금 더 여유가 생겼다. 할 일이 없어도 좋았고, 많아도 좋았다.

잠깐,
투르툭

　투르툭은 라다크라는 이름으로 묶기에 여러모로 어색한 점이 많다. 이슬람교를 믿는 것도 그렇고, 생김새도, 생활상도 많이 달랐다. 사실 그들은 라다크가 아닌, 발티스탄 왕국 후손들이다. 현재는 라다크와 마찬가지로 인도의 잠무카슈미르 주에 속하지만 발티스탄은 1세기에서 5세기 사이 불교를 받아들였다는 기록이 있을 정도로 오래된 왕국이고, 투르툭은 그 동쪽의 일부에 속한다. 영국이 식민지를 포기하고 국

경이 분리되는 과정에서 인도와 파키스탄이 세 차례의 전쟁을 치르는 동안 국경선이 여러 번 바뀌었는데, 발티스탄은 그 피해를 직접적으로 받았다.

1971년 있었던 두 나라의 전쟁 이후 둘로 나뉘어 서쪽은 파키스탄에 길기트발티스탄 주로 편입되었고, 동쪽의 일부가 인도에 속하게 된 것이다. 그러나 그것으로 분쟁이 끝났다고 보기는 어렵다. 지금은 소강국면이라 나와 같은 여행자도 출입할 수 있게 되었지만, 1999년 인도령 발티스탄 지역인 카르길에서 무력 충돌이 발생하는 등 현재까지도 내전과 충돌이 빈번한 지역이다. 상황이 이렇다 보니 군인들의 경계가 그만큼 철저할 수밖에 없었던 것이다.

투르툭이 여행자에게 개방된 것은 2010년부터라고 한다. 여행자에게는 신세계였겠지만, 현지인들이 받은 문화 충격도 그만큼 컸을 것이다. 누브라밸리에서 세 시간 가량을 차로 이동하면서 국경에 가까워진 몇몇 마을들에서는 어린아이들이 차로 다가와 손을 벌렸다. 마을에 도착해서도 조용히 다가와 '원 달러'라고 말하거나 무언가를 바라는 듯 곁에서 떠나지 않는 아이들이 많았다. 그들이 볼 때 외지에서 온 여행자들은 풍요의 상징이었을 것이다. 자신들이 엄두도 내지 못하는 돈을 펑펑 쓰는가 하면, 어깨엔 모두 카메라를 하나씩 메고 있다.

그들은 가난한 것이 아니었음에도, 자본주의 앞에서는 가난하게 치부되었고 그런 만큼 자기 고유의 문화에 대한 자긍심 또한 잃어가고 있을 것이었다. 나는 구걸하는 아이들에게 단호하게 안 된다고 말했다. 지갑에서 꺼내 베푸는 것은 절대 자비가 될 수 없기 때문이다.

정원에서 노트에 생각을 정리한 뒤 옥상으로 올라갔다. 마을의 풍경이 한눈에 들어왔다. 문득 빨래터에서 흐르는 물에 빨래를 하고 싶다는 생각이 들었다. 방에서 더러워진 옷을 챙겨 물에 옷을 담갔다. 물살이 빨라 옷을 시원하게 헹궈주었다. 빨래를 하는 내게 예닐곱 살쯤 되어 보이는 여자아이가 다가와 수줍게 미소를 지었다. 나는 우리말로 몇 마디 건넸다. 한참을 지나도 자리를 뜨지 않는 아이를 보며, 내게 뭔가 바라고 있다는 생각이 들었다. 나는 아무것도 줄 것이 없었다.

빨랫감만 들고 나온 여행자에게 무엇이 있었을까. 살펴보니 아이는 내 머리에 꽂혀있던 실핀을 보고 있었던 것이다. 앞머리가 눈을 찌르지 않도록 고정시켜둔 그것을 용케 찾아내 갈망하고 있었다. 나는 기꺼이 머리에 있던 핀을 빼서 아이의 머리에 꽂아주었다. 아이와 함께 눈빛을 마주한 기념으로 주는 선물이면 되지 않을까. 그것으로 그 아이는 기쁨의 미소를 지었으니까. 환하게 웃었으니까. 녹이 슬도록 그 핀을 간직하겠지. 나는 수줍게 왔던 방향으로 되돌아가는 아이의 뒷모습을 보며 생각에 잠겼다.

바람,
또 바람

갑자기 온 건물이 흔들릴 정도로 심하게 바람이 불었다.
태풍이 다가올 때의 기세였다.

바람의 기세는 과연 이곳이 험준한 산으로 둘러싸여 있
다는 것을 실감나게 했다.

바람이 열린 창으로 들어와 방을 흔들고 있었다.

모든 건물의 창이 떨어져 내릴 듯 다른 방향에서 들어온
바람들이 서로 부딪치는 소리가 났다.

창문들을 간신히 닫고 방에 웅크리고 있었던 그때, 다시
언제 그랬냐는 듯 바람이 수그러들었다. 맑은 하늘 아래
해바라기들이 휘청거리던 이유였다. 창밖으로 다시 해
바라기가 흐드러진 것이 보였다.

발티스탄
소풍

8월 15일, 광복절 아침이 밝았다. 한국이 아닌 인도의 광복절이었다. 우연이겠지만 인도는 1947년 8월 15일 영국이 식민지를 포기함으로써 광복이 이루어졌다. 제2차 세계대전 이후 제국주의 시대가 종말을 고함에 따라 세계에 제국을 건설했던 나라들은 식민지배를 포기할 수밖에 없었다. 그 과정에서 우리는 남과 북이 갈렸고, 인도 또한 파키스탄과 분리되었다.

광복절을 기념하는 것은 한 국가에 대한 애국심이어서는 안 된다. 같은 논리라면, 애국심을 가르는 것은 국경이다. 투르툭이 파키스탄의 땅이었다면, 내가 보고 있는 같은 사람들은 파키스탄에 대한 애국을 외치고 있어야 할 것이다. 그러나 분리될 당시와 다르게 지금 그들은 '인도인'이다. 광복은 살상과 착취, 비윤리적인 것으로부터의 독립을 기념해야 마땅하다. 광복절을 맞은 아침 나는 오래된 생각을 다시 한 번 정리해두었다.

첫 일정은 이 국경절과 맞아떨어졌다. 근처 학교에서 있는 행사를 구경하기로 한 것이다. 접경지대라는 상징성에 비추어 인도 정부로서는 크게 기념해야 마땅한 행사였을 것이다. 행사장에 도착하니 이미 축제

분위기가 무르익고 있었다.

그들이 입은 교복의 모양이 각기 다른 것으로 보아 예닐곱 학교에서 온 학생 연합회에서 선보이는 행사로 짐작되었다. 우리의 초·중·고 교생으로 보이는 연령대가 다양한 학생들이 행사를 준비 중이었고, 주민들과 어린아이들, 여행자들이 운동장을 가득 메웠다. 행사는 두 시간 정도 이어졌다. 고위급 공무원과 장교들이 행사에 참석했고, 나는 영상 촬영을 나온 기자 곁을 따라다니며 마치 취재기자가 된 것처럼 카메라 포인트를 잡아보기도 했다. 잠시 잡지기자 시절 해보던 것을 헐리우드 배우가 된 것처럼 재연해본 것이었다. 당연한 결과로 순간 취재기자로 보였을지는 몰라도 결과물은 사실 형편없었다.

학교 건물 뒤로 내 눈에는 황량하게만 보이는 히말라야 산맥이 뻗어 있고, 흙과 뒤섞여 흐르는 속 강이 거대하게 펼쳐졌다. 우리 식으로 말하면 내빈소개와 주최측의 인사와 연설이 있었고 몇몇 상들이 수여되었다. 이후 학생들은 줄을 맞춰 운동장을 돌았고, 각자 준비한 장기자랑도 선보였다. 시골 마을의 잔치에 초대된 기분이었다. 아이들은 평소 많이 즐기지 못했을 과자 봉지를 손에 들고 있었고, 어른들은 행사를 흐뭇하게 지켜보았다. 관광객들은 카메라 셔터를 누르기에 바빴다.

나는 행사장의 소리를 귀로 느끼며 건물 뒤편으로 나가 한참 동안 강을 바라보았다. 그곳의 강들은 성난 파도처럼 왜 그렇게 거친 것인지. 설산에서 녹아내린 물이 산의 경사에 영향을 받아 유속 또한 빨라졌을 것이다. 그런 논리는 사실 뇌 속에서 서걱거리는 이물감이었을 뿐, 생각해보니 고도가 높은 곳에서 저 아래로 흐르는 강을 보기만 했지 이렇게 지척에서 보는 것은 처음이라는 생각이 먼저였다. 강은 두려울 만큼 빠르게 제 물살의 속도를 걷어내고 있었다.

행사장을 나서서 다음 목적지로 향했다. 이제 투르툭마을의 언덕에 있는 곰파에 갈 차례였다. 투르툭은 강을 잇는 나무다리를 중심으로 왼편이 숙소가 있는 파룰, 오른편이 요울마을로 나뉜다. 우리는 파룰 편으로 다리를 건넜다. 구불구불한 골목을 따라 숙소를 지나 조금 더 올라가니 밭이 있고, 너른 벌판이 나왔다. 그리고 저 멀리 언덕에 곰파가 보였다.

무슬림 마을에 곰파가 있는 것 자체가 색다른 광경이었다. 과거로부터 전해진 공동체 마을일수록 종교에 의해 묶이는 경우가 대부분이기 때문이다. 그러나 발티스탄도 15세기까지 불교를 믿었다는 기록을 보면 그것이 이상할 것은 없었다. 절에 승려가 상주하지는 않지만 출퇴근 방식으로 관리를 하고 있다고 했다. 가파른 언덕을 오르자 진흙빛의 속 강이 산을 휘돌아 굽이치는 것이 보였다.

마을에서 일구는 메밀밭과 키 큰 나무들, 그리고 살구나무들이 어디서고 보기 어려운 장관을 빚어내고 있었다. 그리고 시야가 뚫린 저 너머가 바로 파키스탄이었다. 맑은 날이면 고도 8천미터가 넘는 험하기로 유명한 히말라야의 K2도 볼 수 있다고 했다. 누군가 달라이라마의 사진이 놓인 불당에 앉아 경전을 읽고 있었다. 창밖으로 히말라야가 보였다. 그런 것에 무감해 지는 순간 나는 그곳에서 더 이상 이방인이 아닐 것이다. 창밖의 설산이 히말라야라는 것은, 그저 일상적인 풍경이지 않은가. 그러나 내게는 그것이 떠나는 날까지도 매 순간 새로운 장면으로 다가왔다.

장면이 느릿하게 전환되었다. 우리는 곰파에서 나와 다시 마을로 방향을 잡았다. 가는 길에 지형을 이용해 만들어 놓은 '냉장고'에 방문했다. 마을에서 공용으로 사용할 것으로 짐작되는 곳으로, 가장 기온이 낮게 떨어지는 곳에 창고와 같은 작은 공간을 만들어 놓은 것이다. 그곳은 전기 없이도 돌아가는 자연 냉장고로, 여름철 부패하기 쉬운 것들을 보관하는 곳이었다. 그곳에서 머지않은 곳에 아이들이 물놀이를 하는 풀장이 있었다.

그 풍경을 지나 요울마을로 이동했다. 그곳에서 산에 있는 자연암석으로 조각하는 예술가를 만나기로 했다. 도착해보니 그는 찻집을 운영하고 있었다. 어둑한 실내에는 동네의 모든 남성들이 다 모인 듯, 영락없이 무슬림으로 보이는 남성들이 차를 즐기고 있었다. 주방에서 느긋하게 나오는 그의 얼굴은 (그런 것이 있는지는 모르겠지만) 조각가가 아니라 옆집 아저씨 같이 친근한 모습이었다. 그가 조각가인 것은 분명했지만, 아쉽게도 작품은 한 점도 구경할 수가 없었다. 며칠 전 방문한 누군가에게 모두 팔렸다는 거였다. 작업실을 볼 수 있느냐고 물었는데, 그의 대답이 멋있었다. "내 작업실은 따로 없습니다. 모든 산이 작업실이에요." 물론 가이드가 통역한 영어를 다시 우리말로 옮긴 것이지만 그의 언어로 이야기하는 것을 왠지 내가 직접 알아들은 것 같았다. 아쉬움을 뒤로 하고 우리는 다시 골목으로 나왔다.

하루 동안 몰아친 일정이라고 보기에는 굉장히 많은 일이 있었던 것 같지만, 사실 광복절 행사에 다녀온 것을 제외하면 소풍을 즐기듯 동네를 걸어다닌 것이 전부다. 그렇게 우리는 책에서 접하지 못했던 마을의 풍경 속으로 걸어 들어갔다. 우연히 만난 동네 어르신에게 안내받아 함께 갔던 물레방앗간. 전통적으로 곡식을 빻는 곳이었다. 그는 한국의 여행자들에게 보여주고 싶다며 기꺼이 안내를 해주었다. 그리고 무슬림 마을에서 꼭 가봐야 할 곳인 모스크에 들렀다.

대리석과 화려한 벽화로 장식된 터키의 모스크와 달리, 투르툭의 모스크는 그곳 현지의 모습을 꼭 빼닮아 있었다. 입구에는 기도시간이 구체적으로 안내되어 있었고, 안으로 들어서자 나무기둥이 인상적으로 눈에 들어왔다. 천장에 새겨진 독특한 나무 문양은 천 년이 훨씬 넘은 것이었다. 내가 살던 곳에서 생각하는 '동양적'이라고 말하기도 어려운, 서구적인 것은 더더욱 아닌 어떤 느낌. 모스크를 이룬 건축물은 그

곳의 바람과 그곳의 하늘과 너무나도 잘 어울렸다. 높은 나무 종탑에서
는 아잔이 울려 퍼질까? 모스크는 숙소의 건너 마을에 있어 돌아오기
까지 그것을 확인할 수는 없었다.

　마지막으로 박물관에 이르렀을 때, 며칠째 머리를 감지 않은 것 같은
중년의 남성이 우리를 맞았다. 롭산은 분명 그곳이 박물관이라고 했는
데, 그냥 전통적인 박물관이라고 했을 뿐 다른 정보는 주지 않았다. 우
리는 박물관장으로 보이는 남성을 따라 실내로 들어갔다. 그곳은 입구
부터가 어느 공기관의 건물이 아닌 집이었다. 과거에는 무척 부유한 귀
족의 집이었을 것 같은데, 이제는 관리가 잘 안 돼 허물어지고 있다는
느낌이 들었다. 그러나 턱수염만큼은 멋지게 기른 그는 발티스탄 왕족
이었다. 그의 집은 그러니까 가족의 역사가 보관된 곳이기도 한 살아
있는 박물관인 것이었다.

　박물관으로 활용하는 지붕 위의 건물로 들어가 보니 과연 오래된 것
들이 그곳에서 잠자고 있었다. 한쪽 벽면엔 'YABGO' 왕조의 계보가
기록되어있었다. 외국인 관광객을 위한 것이었는지, 영어로도 간략히
설명되어있었다. 알아볼 수 있는 기록은 800년부터 시작되었다. 그리고
우리를 안내하는 박물관장이자 왕의 후예인 그는 이 족보의 맨 마지막
부분에 있었다. 가장 끝줄은 1990년에 태어난 그의 아들이었다.

　왕이 사용했던 천 년이 넘은 구리 술주전자와 술병, 다양한 도기와

동물의 뼈로 만든 지팡이, 칼과 무기, 활, 전통의상⋯⋯. 왕조의 유물들로 가득했지만 왕국은 이미 사라진 지 오래다. 그는 최선을 다해 지켜내고 있었다. 왕족이라는 자부심이 없었다면 힘든 일이었을 것이다. 실제로 그의 모습은 벽에 걸린 조상의 초상화와 무척 닮아있었다.

나는 그 앞에서 동물을 양각한 돌조각상 하나를 발견했다. 바로 방금 전 아쉽게 떠나온 그 조각가의 작품이었다.

다시 하루가 저물고 있었다. 숙소로 돌아와 살구를 씻었다. 곰파에서 내려오던 길 살구 말리는 터에서 얻어온 것이었다. 목에 둘렀던 손수건에 받아왔던 것인데, 다 먹지도 못할 만큼 많은 양이었다. 그것마저도 욕심이었다고 생각하니 웃음이 나왔다. 이곳은 나를 자꾸 바라보게 하는구나, 하면서 웃었다. 나는 해바라기 정원에 다 먹지 못한 살구를 묻었다. 투르툭에서의 마지막 밤이 지나고 있었다.

여행의 끝자락에 와있었다.
나는 그제서야 필기구를 꺼낼 생각을 했다.

○

높은,
레를 떠나며

투르툭에서 아침 일찍 출발해 디스킷 곰파를 경유해 레로 돌아왔다. 사흘 만에 레로 돌아가는 길에서 무엇인지 모를 안도감을 느꼈다. 고향에 돌아가기라도 하는 듯, 어느새 약간 과장해서 말하면 레에 대한 향수마저도 느껴졌다. 차 안에서 레 시내가 내려다보였을 때 그렇게 반가울 수가 없었다. 이제 그곳에서 허락된 시간이 얼마 남지 않은 것이다.

레의 시내로 들어가는 입구에는 로터리가 있는데, 거기서부터 상습적인 정체가 시작된다. 절대적인 차량의 수야 서울의 그것에 비할 바가 아니지만, 왕복 2차선이거나, 그보다 폭이 좁아 두 대가 나란히 달릴 수 없는 비좁은 도로 사정 때문에 도로는 곧잘 마비가 되었다. 도로 바로 옆에는 식당이나 호텔이 즐비하고, 시장 주변의 주차장은 차를 댈 자리를 찾는 것도 어렵다.

사실 레에서 처음 느낀 것은 이러한 체증이었다. 인도조차 확보되지 않은 길을 걸을 때면 차량들이 지나면서 뿜어대는 매연과 먼지 때문에 숨이 막힐 지경이었다. 그곳이 갖춘 인프

라에 비해 여름철 몰려드는 인구가 너무 많은 것이었다.

여행자들로 넘쳐나는 레의 주요 길을 걸을 때면 배기가스 냄새가 짙게 풍겨나왔다. 그것은 자동차의 매연 탓도 있었지만, 상점들이 자체적으로 돌리는 디젤발전기도 큰 비중을 차지했다. 상점들은 한껏 조명을 돌려 상품을 돋보이게 하고, 관광객의 발길을 멎게 만든다. 정전이 잦다 보니, 전기가 끊기면 바로 자체발전기를 돌려 이에 대비하는 것이다.

두세 평 정도 되는 대로변의 작은 상점들은 아예 발전기를 윈도우 앞에 두기도 한다. 그것은 마치 경운기처럼 탈탈탈 돌아갔다. 소음과 먼지, 석유 타는 냄새를 일으키며 내가 보는 앞에서 전기를 만들어냈다. 어느 발명가의 실험실에 온 듯, 정전 후 발전기가 돌아가면 신기하게도 가게에는 꺼졌던 색색의 조명들이 다시 밝게 빛나는 것이었다.

주변을 둘러보면 분명 거대한 산이 이 분지를 에워싸고 있는데, 나는 곧잘 시선을 잃고 눈앞의 것에 현혹되었다. 그 순간에 레는 히말라야가 아니어도 상관없는 전통적인 분위기를 살려 만든 거대한 '마켓'이었다. 관광객과 소비자는 너무나도 잘 맞아 떨어지는 조합일 테니 말이다.

라다크가 개방된 이후 많은 변화를 겪는 과정 속에 내가 잠깐 섞였다 나온 것일 뿐, 그곳은 여전히 역동하면서 변화하는 곳이다. 그 미래가 어떠한 모습일지, 어떤 방향으로 흘러갈지는 잘 모르겠다.

그러나 나는 1975년 헬레나 노르베리 호지가 이야기했던 '오래된 미래'를 현재의 라다크에서 보고 있었다. 자신이 보는 눈앞에서 쓸 만큼만 전기를 생산하는 자가발전 시스템이야말로 미래의 소비 패턴을 변화시킬 수 있는 방법이지 않을까. 환경문제를 다루는 학자와 단체들은 소규모 발전 방식을 도입해야 한다고 대안을 제시한다. 그러니 내가 라다크에서 보았던 풍경은 사실 새로운 이론이나 방법은 아닌 것이다. 다만 그것이 일상에서 돌아가는 것을 확인한 것뿐이다. 만약 대규모 발전 시설이 있어 레 시내까지 송전이 되었다면 볼 수 없는 풍경이었겠지만 말이다.

대형화가 주는 화려함은 그 자체로 사람의 감각을 압도한다. 그러나 거대한 몸집을 굴리기 위해서는 보이지 않는 곳에서 누군지 모를 사람들의 노력과 수고, 때로는 희생이 뒷받침되어야 한다. 우리는 화려함에 가려진 이면을 보지 못하고, 잘 알지도 못한다. 그러한 세월에 길들여진 것이다. 영화 〈타이타닉〉에서는 배의 맨 밑칸에서 배를 움직이는 노동자들을 두 번 보여준다. 그들은 기름과 땀에 절어 한 번도 쉬지 못하고, 배가 침몰하자 가장 먼저 죽음을 맞는다. 우리는 여유롭게 파티를 즐기는 귀족이 되기를 갈망하지만, 영화와 현실은 언제나 다르다.

대규모 전력생산은 우리에게 눈부신 편의를 가져다주었지만, 그것으로 인해 치르고 있는 대가는 사실 가혹하다. 레에서 디젤발전기때문에 숨이 막힐 것 같을 때 내 머릿속에 전구가 하나 들어왔다. 내가 보는 전기가 이 냄새만큼 생산된다는 것을 바로 알 수 있었기 때문이다. 어떤 자원이 얼마만큼 사용되고, 어떤 물질이 배출되는지 전력 생산의 주기를 바로 확인한다면 자원이 허락하는 만큼만, 꼭 필요한 만큼만 쓰게 되지 않을까?

핵발전소는 도시와 멀리 떨어져 건설되지만, 거기서 생산된 전력은 결코 생산지에서 쓰이는 법이 없다. 대형 화력발전소도 마찬가지다. 삼면이 바다인 우리나라의 대형 발전 시설은 공해물질을 대기와 바다로 배출한다. 집에 앉아 편하게 전기를 소비하는 '우리'는 그 사실을 느끼지도 잘 알지도 못한다.

가끔 뉴스 보도를 통해 폐기물을 불법으로 땅에 매립했다거나 바다나 공기에 그대로 흘려보내는 불법 투기현장을 보면서 혀를 찰 뿐이다. 라다크가 미래상을 스스로 선택하여 자가발전기를 각자가 갖춘 것은 아니지만, 전통사회가 그랬듯 그것은 땅과 자원, 유통이 허락하는 만큼에서 멈춰졌기에 가능했던 것이다. 핵발전에 관한 원고를 막 마치고 떠나온 여행이었으니, 내 머릿속에서 이런 생각은 발전기의 터빈만큼이나 빠르게 돌아갔다.

여전히 라다크는 개발 중이다. 오래된 전통 가옥들이 허물어지고, 인근에서 구할 수 있는 재료가 아닌 '값싼' 시멘트에 의존해 여행자를 위한 건물이 세워지고 있다. 인도 남부나 카슈미르 쪽에서 잠깐의 여름장사를 하려고 건너온 사람들이 라다크에 자리를 잡고, 현지 라다키들은 노동자나 노점으로 전락해버린 것이 현실이다.

고도가 높은 지역의 도로 작업은 대부분 얼굴이 아주 검은 인도인들이 했는데, 그들의 숙소는 허름한 천막이었고, 눈이 오는 고지대에서도 제대로 된 보호장구나 방한복 따위도 없이 맨손으로 일하는 것을 여러 번 보았다. 인도에는 천 개가 넘는 계급이 있다고 일행이었던 K선배가 말해주었다. 피부색만으로도 계급을 알 수 있단다. 저 남부에서 온 그들이 고도에 적응하고 추위를 견뎌가며 한철 노동한 대가로 얼마간의 생계를 이어갈 수 있을까. 나는 차를 타고 지나가면서 그들에게 매연과 먼지만을 남겼을 뿐이다.

레를 떠나기 전, 오래도록 기억할 수 있는 기념품을 샀다. 현지 산에서 채취한 돌로 만든 장신구와, 터키석을 표면에 입힌 손으로 만든 구리 주전자 세트, 그리고 산양의 부드러운 털로 만든 파시미나 숄과 같은 것들. 그리고 마지막으로 서점에 들러 라다크를 안내하는 영문 책자를 두 권 샀다. 롭산은 그 서점이 자신이 초등학교를 다닐 때부터 있던 곳이라고 했다. 사실 서점이라기보다는 문구점에 책자 몇 권을 구비한 것에 가까웠지만, 그 역사를 듣는 순간 200루피를 할인해준 상점의 주인도, 그 공간도 새롭게 보였다.

서점이 있던 레의 중앙 마켓은 공사가 한창이었다. 중앙에는 공사를 마친 후의 모습을 그린 가상 설계도가 있었다. 보도블록이 깔린 말끔한 거리였다. 예정대로라면, 이미 그 공사는 마무리가 되었을 것이다. 마지막으로 나는 시내에서 조망이 가장 좋기로 유명한 일본 사찰, 산티 스투파에 올라 아래를 내려다보았다. 내가 보고, 걸었던 길들을 그렇게 확인했다. 그곳에서 나는 변할 것과 변하지 않을 것들 사이에서 라다크가 적절한 균형을 이루기를 바랐다.

마지막 밤이 지나, 아침 일찍 공항으로 가던 시각. 공항에 도착해 나는 들고 있던 카메라를 가방에 넣었다. 이후로 내 눈은 편하게 풍경을 보기 시작했다. 그제야 나는 새로운 깨달음을 얻었다는 듯, 눈으로 풍경을 응시했다.

그것이 라다크가 내게 가르쳐준 이미 오래된, 오래전의 교훈이었다.

마지막 밤이 지나 아침 일찍 공항으로 가던 시각
공항에 도착해 나는 들고 있던 카메라를
가방에 넣었다. 이후로 내 눈은 편하게
풍경을 보기 시작했다.
그제야 나는 새로운 깨달음을 얻었다는 듯
눈으로 풍경을 응시했다.

그것이 라다크가 내게 가르쳐준
이미 오래된
오래 전의 교훈이었다.

4부

돌아와 흐드러지다

아령을
완성하는 법

양양에 갈 때마다 자주 머무는 숙소가 있다. 혼자 머물기에 부족하지도 과하지도 않은 그 숙소는 나를 자꾸 양양으로 향하게 만든다. 그곳이 강릉에 있다면 내 발길은 자꾸만 강릉으로 향할 것이다. 설명할 수 없는 어떤 것 때문에 발이 묶일 때가 자주 있다.

가끔은 양양에서 에게 해를 떠올리곤 한다. 그날 아주 맑은 하늘을 펼쳐 보여주던 이즈미르에서의 오후. 에게 해로 둘러싸인 이즈미르는 포근했다. 흐리고 쌀쌀했던 이스탄불과는 전혀 다른 온화한 날씨라 그랬는지 나는 그곳이 그냥 마음에 들어버렸다. 검푸르고 잔잔한 에게 해, 그날의 기억이 양양 바다를 보고 있으면 떠오르곤 하는 것이다. 그것은 어떤 아쉬움 같은 것이 아니라 마음이 반응하는 이상한 화학작용 같은 것이다. 이를테면 창밖으로 넘실거리는 바다. 지금 내 눈 위에 오롯이 담긴 풍경 위로 이전에 경험했던 다른 장소가 얹어지는 일. 그럴 때면 숙소의 창을 활짝 열어 두고 바다에서 불어오는 냄새와 소리를 맞으며 하루 종일 앉아있어도 지루하지 않다. 그곳이 양양이든, 에게 해든 두 곳이 합쳐지는 마음의 어떤 지점이든.

그러므로 여행은 몸이 돌아왔다고 하여 끝난 것이 아니다. 그곳을 경험하기 이전과 이후의 나는 같을 수가 없으므로, 일상으로 돌아온 이후에도 여전히 여행은 지속되는 것이다. 여행은 아령과 같은 것이 아닐까.

아령. 벙어리 아啞, 방울 령鈴. 이 말은 영어의 덤벨dumbbell (dumb: 벙어리, bell: 종)의 뜻을 그대로 한자로 옮긴 것이다. 근육 운동의 기본 도구라고 할 수 있는 아령은 '벙어리 종'이라는 뜻인데 말 그대로 종을 치는 행위에서 유래했다. 유럽의 중세시대에는 종을 치는 행위가 매우 엄숙하고 중요한 일이었다. 때문에 정해진 시간에 정한 횟수대로 무거운 종을 치기 위해 종에 달린 추를 따로 떼어 연습을 했다고 전해진다. 그때 사용되었던 '소리 안 나는 종'이 바로 아령이다. 종지기들

의 정교함과 체력단련을 위해 사용했던 이 도구는 용도가 확장되고 여러 차례 모습을 바꾸면서 현대인의 운동 도구로 자리 잡았다.

소리 없이 종을 치는 일. 땀을 흘리면서 근력을 키우다 보면 모든 소리가 안으로 집중된다. 시를 쓰는 일은 모든 소란을 내면으로 모으는 일에 다름 아니다. 나는 여행도 그런 것이라고 생각했다. 여행은 끝을 모르고 계속 써나가는 연작시, 완성되어가는 과정 속에 존재한다. 왁자지껄한 여행지가 한쪽 추라면 반대편 추는 여행지에서 돌아왔을 때의 일상이다. 무성영화의 필름처럼 머릿속에는 여행지에서 경험한 다양한 잔상으로 가득해진다. 양쪽 추를 연결하는 손잡이는 경험했던 길, 발음했던 모든 지명, 지도 위에 표시한 점들, 돌아와 읽었던 신문기사, 같은 길을 걸은 블로그의 후기, 그 지역을 소재로 한 문학작품 등을 접하면서 완성된다.

그것은 소리 없이 울리는 종이다. 시간이 지나 각각의 장소를 떠올릴 때마다 추는 점점 무거워지고, 손잡이는 단단해진다. 팔의 근육도 자연스럽게 더욱 단단해진다. 내면에서는 아름다운 소리가 조화를 이룬다. 시야가 넓어지고 사고의 경계를 무너뜨리면서 소리 없이 울린다. 그렇게 여행은 그곳에 머문 시간만으로 완성되지 않아 돌아온 자의 마음속에서 다시 피어난다. 그 근육이 단단해지면 여행자는 또다시 다른 여행지를 찾는다. 이것은 완성되지 않는, 아령을 완성하는 단 하나의 방법이다.

공항

　‘공항’이라는 단어. 긴 활주로, 굉음을 내며 중력을 밀어내는 비행기, 수평이거나 평행의 기하학이 전부인 그곳을 가리키는 발음은 아이러니하게도 감성적으로 들린다. 이륙이나 착륙할 때 머리 끝이 살짝 당겨지는 긴장, 하늘 위에서 난기류를 지날 때의 불안의 시간을 지나, 낯선 공간으로 나를 전환시켜주는 모든 과정이 ‘공항’이라는 단어 속에 있기 때문이다.

　그래서 누군가 어디 먼 여행지로부터 돌아와 공항에서 내게 전화를 걸어올 때면 공연히 마음이 공중에 뜬 것 같은 느낌이 든다. 현지시로 시각을 맞춘 다음, 휴대전화가 대한민국의 기지국을 통해 시간과 정보를 전송한 직후에 한 일이 나에게 전화를 거는 일이었다는 것.

　어느 공항에 도착했을 때, 경유지에 머물 때, 다시 인천공항으로 돌아왔을 때, 그때 나는 어김없이 그리웠던 당신의 이름이 떠오를 것이다. 내가 그렇듯 당신도 계절을 거슬러 나의 이름을 떠올렸다는 것, 그것만으로 나는 이륙하는 비행기에 앉은 것 같은 설렘을 느낄 것이다. 공항에 도착해 가장 먼저 누군가에게 나의 안위를 전하는 일은 그렇게 다시, 라는 부사를 동반한다.

당신이
검은흙을 가슴에
담는다

밑줄

　그날 당신은 사거리의 벤치에서 나를 기다리고 있었
다. 내가 지난 밤 당신의 방에 엎드려 읽던, 당신이 읽던
페이지를 접어두고 첫 페이지를 펼쳤던 그 책을, 당신은
읽고 있었다. 내 눈이 당신이 읽던 페이지와 만난 것처
럼 우리는 어느 날 만났다. 낮은 담을 이웃하며 작은 집
들이 제각각으로 주인의 개성을 드러내던 도쿄의 키치
조지. 너무 단란해서 여행자에게 더 깊은 고독으로 다가
오던 그 골목에서 떠올렸던 이름처럼 우리는 서로의 이
름을 불렀다. 나를 알아본 당신이 읽던 책을 접어 가방
에 넣었다. 담장에 피었던 꽃처럼 만개한 시간을 우리는
붙잡았다. 서로를 위해 흐드러진다는 것. 그러기 위해
나는 당신이 밑줄 그은 자리에 잠시, 멈추었다.

○

종각

　종각의 벤치. 그는 몇 분째 내 옆을 서성이고 있다. 금발에 얼굴이 하얀 여행자는 등에 배낭을 메고 손에 들고 있던 콜라 캔을 만지작거린다. 그가 어떤 결심을 한 듯 내게 말을 건넨다. 그는 빤한 영화 대사처럼 "캔 유 스피크 잉글리시?"라고 묻는다. 나는 '조금'이라고 답했을 뿐이다. 무성영화였어도 좋았을 것이다. 씬 사이에 타이포로 대사가 끼어들 듯, 우리는 더듬더듬 대화를 이었고 어느새 친구가 되었으니까.

레이덴

　시간을 훌쩍 넘어 나는 공간이동을 하듯 레이덴에 당도했다. 네덜란드에서 암스테르담이 아닌 다른 지명들은 대부분 낯설다. Leiden만 하더라도 레이덴, 라이든, 라이덴, 레이던……, 어떻게 읽어야 할지 잠시 막막해진다. 거기에 'a'나 'r'이 두 개씩 나란히 붙은 단어에서는 더더욱 미간을 좁히고 눈을 고정하게 된다.

　알랭드 보통은 그의 책 《여행의 기술》에서 암스테르담에 도착했을 때 느꼈던 그 이국적인 것에 대해 말한다. 가령 'a'가 나란히 두 개가 붙은 단어들과 이정표 디자인 같은 것들 말이다. 나는 암스테르담으로 향하는 비행기 안에서 자음 두 개가 나란한 활자들을 보면서 책의 내용을 떠올렸다.

　자주 연락했던 것은 아니지만 우리는 이따금씩 이메일로 서로의 안부를 주고받았다. 언제든 그가 한국에 오거나 내가 그의 나라에 방문한다면 서로를 따뜻하게 맞아줄 그런 친근함 같은 것이 쌓였다.

내가 도착했을 때 그는 나를, 마치 서울에 여행 온 외국 친구에게 안내하듯 레이덴의 관광명소란 곳은 모두 데리고 다녔는데, 온통 오래된 것들의 향연이었다. 곳곳에 17세기를 전후로 한 건물들이 있었다. 시청사는 1400년대에 지어졌다고 하는데, 중간에 확장과 개보수를 거쳐 지금까지 활용되고 있다. 눈에 스치는 작은 것 하나에도 몇백 년이라는 시간을 훌쩍 넘나드는 고풍스러운 도시였다. 렘브란트의 그림을 살펴보면 내가 보고 있는 이곳의 장면이 자연스럽게 겹쳐지지 않을까 생각했다.

시청사 부근을 돌아, 풍차 박물관까지 걸었다. 날은 추웠지만 바람이 세지 않아 걸을 만했다. 레이덴은 네덜란드인이 자랑스러워하는 화가, 렘브란트의 고향이다. 그의 생가는 아쉽게도 허물어져 다른 건물이 들어섰지만 생가 자리에는 그의 집터였다는 작은 팻말이 있다. 부근에 작은 공원을 조성해놓고 어린 렘브란트의 동상을 세웠고, 길에는 렘브란트거리라고 이름 붙였다.

레이덴대학교는 네덜란드에서 가장 오래된 대학으로 1575년에 설립되었다. 인문학부터 공학, 동양과 관련된 학과까지 두루 갖춘 종합대학이다. 우리의 그것과 비교해보았을 때 대학 건물이 하나의 캠퍼스로 연결되지 않고 도시 곳곳에 여러 건물로 나뉘어있는 것이 달랐다. 어떤 건물은 오래전 수도원 건물이었다고 한다. 학교의 역사만큼 건축물도 어떤 역사의 일부라 그 둘을 따로 떼어놓고 생각하기가 어려웠다.

친구는 네덜란드인의 활달한 기질 그대로 잘 웃었고, 친절하게 모든 풍경을 차근차근 설명해주었다. 골목골목 사이로 운하가 흐르는 마을은 아담하고 정겨웠다. 오래된 것 위에 다시 새로운 것이 합쳐지고 그것이 다시 자연스러워진 이곳에서 친구와 함께하는 시간이 무척이나 평화로웠다. 며칠 동안 나는 오래된 고성으로, 교회로, 풍차박물관과 시립박물관, 20여 킬로미터 떨어진 해변까지……, 마치 고향에라도 온 듯 이곳저곳을 무척 신나게 돌아다녔다.

그는 일본 문화에 관심이 상당히 많았는데, 바깥의 찬 공기를 안고 그의 집으로 들어서면 가장 먼저 일본 화가의 그림이 보였다. 벽 한 면이 모두 그 그림이었다. 그는 일본의 한 일간지에 자국의 문화에 관심을 갖는 외국인으로 인터뷰를 한 적도 있다고 했다. 그는 한 사료에 의거해 일본과 네덜란드를 이었던 사람에 대해 끈질기게 연구를 하고 있었는데, 그것이 그로 하여금 시간이 나는 대로 일본 땅으로 달려가게 했다. 바로는 아니었지만, 일본으로 이주할 계획도 어느 정도는 세워놓고 있었다.

이후 당시의 계획에는 없었던 방향으로 조금 빨리 그 계획이 시행되었다. 그는 몇 년 후 일본인 아내를 만나 딸을 낳았고, 현재 요코하마에 머물고 있다. 사는 것은 그렇게 우연의 연속으로 이루어진다.

그리스식으로

가령 어떤 이야기는 전혀 예상치 못하는 방향으로 흘러가는데, 레이덴에 머물던 마지막 날의 이야기가 그랬다. 우리는 그리스인이 운영하는 그리스 식당에 갔다. 직원들도, 계산하는 방식도 모두 그리스의 그것이었다. 직원들은 손짓을 하거나 불러도 오는 법이 없었다. 내가 의아해하자 그는 원래 좀 이런 편이라고 말했다. 정말 그 식당의 종업원들은 자신이 오고 싶을 때 왔고, 음식은 천천히 나왔으며, 알아서 팁을 챙겼다.

나중에 무라카미 하루키의 여행서 《먼 북소리》에서 그리스인에 대해 투덜거리는 부분을 읽으면서 웃은 적이 있다. "이렇게 바람이 부는데 왜 바람에 잘 쓰러지는 돌담을 또 만드는 거지?" 하루키는 그가 머물던 스펫체스 섬에서 태풍으로 쓰러진 (바람에 속수무책인) 돌담을 웃으면서 느긋하게 다시 쌓는 사람들을 보며 고개를 절레절레 흔든다. 그런데 왜 하필 나는 네덜란드에서 그리스 식당에 간 걸까? 하루키의 책을 읽으면서 그런 생각을 했다.

그 식당에서 나는 생선요리를 주문했다. 감성돔쯤 되

는 생선과 채소가 그릴에 구워져 나왔다. 맛은 제법 좋았고, 좌석도 빈자리가 없을 만큼 장사가 잘 됐다. 북적대는 그곳에서 음식을 먹다가 우연히 그의 형에 대한 이야기를 들었다. 사연은 이랬다.

지금의 형수가 중국인인데, 네덜란드 신문에 광고를 내어 형을 만났다는 거였다. 일종의 '신랑을 찾습니다'와 같은 광고였다. 그 광고를 보고 형이 중국으로 건너갔고, 두 사람의 결혼이 이뤄졌다는 이야기였다. 나로서는 도저히 이해할 수 없는 문화였지만, 실제로 그렇게 만나 두 사람이 잘 살고 있다는 것이 더욱 놀라웠다.

그 이야기는 아인슈타인의 말로 싹텄던 어떤 이야기에 살을 붙여주었다. 레이덴의 마지막 밤, 나는 그 소설 같은 이야기를 들으면서 단편소설 하나를 구상했다. 구체적으로 살이 입혀진 그 이야기는 과거, 현재, 미래가 아무런 의미가 없는 물리학의 이야기와 먼 땅에서 지는 해를 보며 과거를 회상하는 아주 쓸쓸한 이야기로 완성되었다.

종각에서 만난 그를 다시 네덜란드 레이든에 있는 그리스식 식당에서 마주한 채, 우리가 느끼는 시공간과 시간의 흐름이 아무 의미가 없다는 이야기를 연결해 완성한 이야기가 그렇게 다음으로 이어지고 있었다.

모든 이야기는 생각했던 그곳에서 끝나지 않았다. 내가 느끼지 못하는 시공간, 내가 모르는 인물들과 공기의 작은 움직임, 그 흐름, 어딘가에서 생긴 교통사고와 잘못 부친 편지 같은 것들이 어디서고 뒤엉켜 결국 우리가 사는 세상을 만들고 나에게 영향을 미치는 것. 설혹 우주의 저 먼 곳에 나의 수많은 도플갱어들이 나와 같은 공간에서 같은 생각을 하고 같이 움직이고 있다고 해도, 믿기 어렵지만 그 우주론이 사실이라고 해도, 거기서 한 명쯤은 그 시공간을 튕겨져 나올 수 있지 않을까.

나는 우리에게 발생하는 우연과 같은 일이, 어쩌면 간절한 소망이 물리학과 닿아있다고 믿는다. 아인슈타인이 신을 알기 위해 우주를 연구한다고 말했던 것처럼 말이다.

그날 종각에서 우리가
마주치지 않았더라면
존재하지 않았을 시간.

우연에 기댄
시간들

한 해의 마지막 날을 나는 그의 집에서 함께 했다. 저녁을 먹고 각자 텔레비전을 보고 책을 읽는 사이 밤이 깊었다. 몇 시간 후면 이제 한 해가 저물고 새해가 밝아올 것이다. 자정이 다가왔을 때 우리는 테라스로 나갔다. 곧 폭죽이 터질 거라고 했다. 그의 말대로 같은 시각 사람들이 공중으로 폭죽을 날리기 시작했다. 화약이 터질 때 내는 폭발음, 그에 어울리지 않게 형형색색으로 떨어지는 불빛들이 공중을 수놓았다. 폭발음은 축제에 모인 사람들이 치는 박수소리 같았다. 그렇게 새해가 밝았다.

그날 종각에서 우리가 마주치지 않았더라면 존재하지 않았을 시간. 같은 시각, 아니 여덟 시간 후의 종각에서는 한반도에 밝아오는 새해를 기다리며 모여든 사람들의 홍수 속에서 보신각의 종이 울렸을 것이다.

○

암스테르담에서
정물처럼 서있다

암스테르담에서 다시 혼자가 되었다. 어디로 갈지 정한 것은 없었다. 레이덴과는 달리 길 위에 난 철길 위로 전차가 다니고 사람이 많아졌고, 도로는 넓어지고 교통량도 많아졌다. 인포메이션에서 지도를 받아 다시 도시를 헤맸다. 트램이 다니는 길을 따라 걷다가 고흐박물관에 가기로 했다. 고흐박물관은 그의 그림을 가장 많이 소장하고 있기로 유명하다. 평일이라 사람이 많지 않은 한산함을 이용해 나는 그곳에서 언 발도 녹일 겸 매우 천천히 둘러보았다. 작품이 시기별로 잘 정리되어있어 화풍의 미묘한 변화도 느낄 수 있었다.

그 유명한 〈감자 먹는 사람들〉이나 〈아를의 침실〉, 〈씨 뿌리는 사람〉과 같은 그림을 원본으로 본다는 것이 감각을 깨웠다. 잘 알려진 대로 매

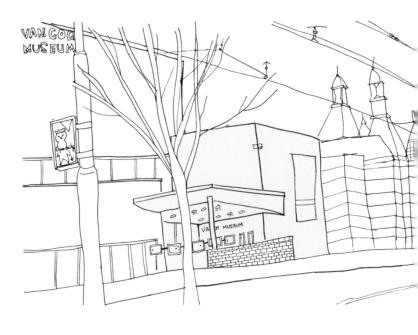

달 형에게 생활비를 보내주었던 동생 테오와 고흐와의 깊은 정이 절절하게 느껴지는 곳이었다. 고흐가 동생에게 남긴 수많은 편지들을 볼 수 있었기 때문인데, 비록 읽을 수 있는 글은 아니었어도, 그 필체와 편지지에 그려둔 구상작의 초완 스케치만으로도 어떤 내용인가를 미뤄 짐작할 수 있었다.

그림을 보고 나온 거리는 이미 어둑했다. 종일 흐릿했던 하늘에서는 눈이 내릴 것 같았다. 여전히 암스테르담의 거리는 사람들로 붐볐다. 나는 코인라커에 맡겨두었던 짐을 찾아 공항으로 향했다.

오사카의 번화가 속에는 늘 당신이 있다.
오랜시간을 묵혀둔 것처럼
수화기 저편의 침묵처럼.
가끔 그곳의 지도를 펼칠 때마다
'그럼에도 불구하고'
어김없이 떠오르는.

○

그럼에도
불구하고

'그럼에도 불구하고'라는 말을 그는 신기한 듯 되새겼다. 한국어를 잘하는 그는 히로시마에 사는 일본인이었고, 나는 오사카에서 다시 그를 만났다. 술집과 음식점들이 즐비한 강변을 걸으며 그는 다음 날 동행할 교토 일정을 꼼꼼하게 체크했다. 내가 풀어놓은 문장들을 머릿속에서는 다시 모국어로 변환하느라 바빴을 그에게 내가 무심코 던진 '그럼에도 불구하고'라는 이 문어투가 귀에 생경하게 들어박혔을 것이다. 마치 나와 열심히 대화를 나누던 그가 술집에서 능숙하게 일본어로 주문을 할 때 내가 느낀 낯선 전환처럼 말이다. 오사카의 번화가 속에는 늘 당신의 이름이 있다. 오랜 시간을 묵혀둔 것처럼 수화기 저편의 침묵처럼, 가끔 그곳의 지도를 펼칠 때마다 그럼에도 불구하고 어김없이 떠오르는.

○

충만한
상상

가끔 바람이 되는 상상을 하곤 해. 바람은 '열에 의한 공기의 밀도 차이 때문에 생기는 현상'이라고 정의하지. 내 마음이 뜨겁게 달궈진다면, 어디 차가운 마음을 가진 곳으로 부드럽게 이동해 가는 바람이고 싶어. 어디든 자유롭게 물리적 한계를 벗어버리고 말이야.

그렇게 대기가 순환하고 계절이 순환하듯이 끊임없이 생성되는 마음의 충만함 같은 걸 느끼며 살고 싶다는 말이야.

대기가 순환하고
계절이 순환하듯
끊임없이 생성되는
마음의 충만함 같은,
그런 것. ──────────────── END

○

아령의
반대편에서

  나는 다시 아령의 반대편에 있다. 여행은 그곳에 머물 때만을 뜻하는 것이 아니다. 이미 떠나기로 마음먹은 순간부터, 그리고 다녀온 이후에도 여행은 계속된다. 그곳에 머물기 전의 나와 이후의 내가 같을 수 없으므로, 머물던 시간과 만났던 사람들로 인해 이야기는 계속해서 확장되고, 내면의 근육은 더욱 단단해질 것이므로.

  아잔의 음을 생각해보고, 프랑크푸르트에서 보았던 강의 색을 떠올려본다. 조용히 '레'라고 발음해 본다. 마른 침을 삼키며 당신들의 이름을 불러본다. 그렇게 조금씩 시간의 무게가 더해질 것이다. 마음속에서 울리는 소리를 따라가다 보면 나는 당신과 만날 것이고 그 이야기는 다시 확장이 되어 우리가 살고 있는 이 행성의 이야기로 빛날 것이다.

흐드러지다

copyright © 2016 신혜정

글·그림 신혜정

1판 1쇄 인쇄 2016년 3월 7일
1판 1쇄 발행 2016년 3월 14일

발행인 신혜경
발행처 마음의숲

대표 권대웅
편집 송희영, 김보람
디자인 고광표
마케팅 노근수, 황환정

출판등록 2006년 8월 1일(105 - 91 - 03955)
주소 서울시 마포구 동교로 144 - 13(서교동 436-32, 2층)
전화 (02) 322 - 3164~5 | **팩스** (02) 322 - 3166
페이스북 facebook.com/maumsup
ISBN 979 - 11 - 87119 - 69 - 2 (03810)

마음의숲에서 단행본 원고를 기다립니다.
따뜻하고 생동감 넘치는 여러분의 글을 maumsup@naver.com으로 보내주세요.